柿のへた

御薬園同心 水上草介

梶 よう子

集英社文庫

柿のへた　御薬園同心　水上草介

目次

安息香《あんそくこう》　9
柿のへた　43
何首烏《カシュウ》　71
二輪草《にりんそう》　99
あじさい　129

ドクダミ 165
蓮《れん》 子《し》 193
金銀花《きんぎんか》 223
ばれいしょ 253
解説 東えりか 292

柿のへた　御薬園同心　水上草介

安息香
あんそくこう

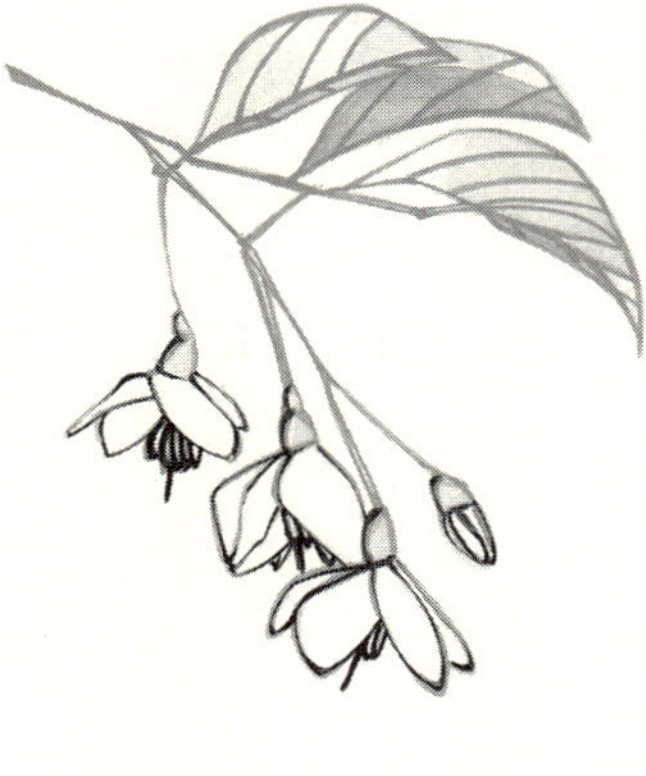

一

御薬園同心《おやくえんどうしん》の水上草介《みなかみそうすけ》は、肉桂《にっけい》林の中を歩いていた。腰から下げた植木ばさみが、歩を進めるたび、ゆらゆらとのんきに揺れる。

天保《てんぽう》六年（一八三五）を迎え、いまだ寒さは残っているものの、確実に季節は移り変わっていた。うららかな初春の陽射《ひざ》しが、一年を通し緑を保つ肉桂の葉の間からこぼれている。

小石川《こいしかわ》御薬園は薬草栽培と、御城で賄《まかな》う生薬《しょうやく》の精製をし、かつては甘藷《かんしょ》（サツマイモ）や御種人参《おたねにんじん》の試作なども行ってきた幕府の施設だ。毎年、大奥へ献上しているヘチマ水の評判も上々だった。

草介が二十歳で水上家の跡を継ぎ、御薬園の同心をたまわり二年が経っていた。

初めて出仕した日、手足がひょろ長く、吹けば飛ぶような体軀《たいく》の草介を見て、

「まさに名は体《たい》だ。水上草介、水草どのだな」

古株の同心が、そういって笑った。以来、水草が綽名《あだな》のようになっているが、草介はあまり気にしていない。

もともと、のんびりした性質《たち》の上に、どうも人より反応が一拍遅い。誰かが冗談をいっても、皆が笑い終えたあとに、ひとり噴き出すというふうで、水草といわれたときも、同心長屋へ戻り夕餉《ゆうげ》を食っている最中に、

（もしや芯がなさそうなという意味か……）

と、ようやくはっとしたぐらいだった。

ただ草介自身が、この性格を疎《うと》んじているわけではないので、御薬園の水路でほわほわ揺れ動く水草をむしろ愛《いと》おしく眺めている。

なにはともあれ草介には、御薬園の仕事が一番、性に合っていた。植物は草介を急《せ》かすこともない。手をかけてやれば、きちんと応えてくれる。まさに水を得た水草のごとく、日々お役に励んでいる。

水上家は代々薬園に勤めているため、草介も幼いころから本草学《ほんぞうがく》だけはみっちり学んできた。本草は主に薬効のある動植鉱物を採取し、研究する学問だが、博物学的な要素も強い。草介の興味を特に惹《ひ》きつけるのは、葉だ。

およそ四万五千坪の御薬園には約四百五十種類にも及ぶ草木が植えられているが、同

じ形の葉はもちろんない。あじさいの大振りな葉、艶《つや》めく椿《つばき》の葉……円《まる》い優しい葉もあれば、棘《とげ》を持つ葉もある。同じ品種の樹木でも草花でも、わずかな違いがある。人に色々な者がいるのと一緒だと、草介はぼんやり思う。

葉は縁、形、単葉か複葉かといった具合に分類できるが、草介が気に入っているのは葉脈だった。葉身を走る葉脈の美しさは格別だ。主脈から延びる側脈にもさまざまあり、規則的に並ぶもの、複雑に絡むものと自然が作り出す無駄のない造形の素晴らしさには、ため息が洩《も》れる。

まる一日眺めていてもまったく飽きが来ない。それが高じて近頃では押し葉作りに夢中だった。紙に葉を挟んで、重石《おもし》を置き、乾燥させればでき上がる。多少、変色もし、香りも失われるが、それでも縁の鋸歯《きょし》や羽状のもの、葉脈もきれいに残る。ただ、葉の一枚、枝一本に至るまで、御薬園のものはお上の所有であるので私物にはできない。まだ百種に欠けるほどしかないが、いつか品種別に分け、献上しようと思っている。

草介は、地面に落ちていた肉桂の葉を拾う。長楕円形で厚い革質《かくしつ》だ。その葉を手でてあそびながら、並び立つ肉桂の幹に触れた。肉桂は葉よりも樹皮にさまざまな効用がある。樹皮を乾燥させたものを桂皮《けいひ》と呼ぶが、胃を丈夫にし、頭痛、発熱を抑える薬効があり、香料にすると、その独特の芳香から気分を高揚させる作用を持っている。草介は、林の中ほどではたと足を止めた。樹木を見上げ、額に指を当て、うーんと唸《うな》った。

じつはここ数日、草介はある妙薬について頭を悩ませていた。それは、惚《ほ》れ薬《ぐすり》とか媚《び》薬《やく》などと称されるものだ。

五日前のことだった。

御薬園内に設けられている御役《おやく》屋敷の門からのっそり入って来たのは顔も身体も四角い高幡啓吾郎《たかはたけいごろう》だ。高幡は南町奉行所《みなみまちぶぎょうしょ》に勤める小石川養生所《ようじょうしょ》の見廻り方同心で、一日おきに養生所を訪れ、朝の四ツ（午前十時）から夕の七ツ（午後四時）まで、病室の見廻りなどを行っている。

御薬園は広大な敷地を二分して、代々西側を芥川《あくたがわ》家が、東側を岡田《おかだ》家が幕府の命を受け管理している。東西は仕切り道と呼ばれる御薬園中央を貫く道が境界となっており、養生所は仕切り道沿い、東側敷地内にあるが、そこだけは町奉行所の管轄だった。

養生所は看病する家族などがいない重病人や、医薬代の払えない貧しい者のために有《ゆう》徳院《とくいん》（八代将軍徳川吉宗《よしむね》）の治世時に設けられた施療施設だ。

今は百名ほどの入所者を抱え、本道（内科）医三名、外科医二名、眼科医一名、見習い本道医六名で診療にあたり、他に看病人や食事の世話をする賄中間《まかないちゆうげん》などが二十名ほどいた。

その日、草介は芥川家の御役屋敷の庭にある乾薬場《かんやくば》で、刈り取った薬草を干していた。石畳の乾薬場は、四十坪ほどの広さで、周囲は竹矢来で囲まれている。

見れば、いつもは照りのよい、艶やかな高幡の浅黒い顔がいくぶん曇っていた。

「いかがなされました。お顔の色がすぐれませぬが」

草介は乾薬場を出て、笠を取る。

高幡は乾薬場の横に置かれている腰掛に座った。草介が隣に腰掛けると、高幡がふうと、息を吐《つ》く。

「養生所におよしという若い女看病人がいるのだが、ご存じかな」

草介はあいまいに頷《うなず》いた。養生所では男性病棟を担当する看病中間《かんびょうちゅうげん》と、女性病棟を見る女看病人が患者の看護、介護をし、食事を作る賄中間が住み込みで働いている。

御薬園内にあるとはいえ、生薬や薬草を届ける以外、草介はあまり養生所へは足を運ばないが、少し前、二十歳を少し超したくらいの、女看病人が応対に出て来たことがあった。

高幡がいうのはたぶん、その女子《おなご》のことだろう。目元涼しく、優しげな雰囲気だったのを覚えている。

聞けば、そのおよしという女看病人のもとに、御家人くずれふうな男が頻繁に訪ねて来ては、銭を無心しているのだという。

「患者たちは、およしの情人《いろ》だと噂《うわさ》している」

だが、およしは、その男が来る度に辛《つら》く、哀しげな顔をする。それでも拒まず、幾ばくかの銭を与えているというのだ。それから高幡は、およしが養生所の患者たちをいかに献身的に看病し、患者たちもおよしにどれほど信頼を寄せているか、とうとうと語り始め、

「あんな生《なま》っ白《ちろ》い、のっぺり顔の男に付きまとわれているおよしが気の毒でならん」

いきなり憤然といい放った。どうやら高幡とは正反対の見た目らしい。つまり、すっきりとした優男《やさおとこ》ふうということになる。

高幡と出会ったのは、草介がお役についてまだ三月《みつき》あまりのころだ。養生所の表門で大きな身体を丸め、うずくまっている武家を見かけた。具合でも悪いのかと、草介が近づくと、武家が振り向いた。少々いかつい顔つきに、草介はちょっと後ずさりしたが、武家の大きな手の中から、小さな鳴き声がする。巣から落ちた椋鳥《むくどり》のヒナだという。弱っていたので練《ね》り餌《え》を与えて世話をし、再び巣の中へと戻してやろうとしているのだと武家がいった。見ると養生所の門の隅に巣があり、中にはまだ数羽のヒナがいるようだった。

「わずかな間で、情が移ってしまってな」

そういって人懐こそうな笑みを浮かべた。

「ああ、ならばできるだけ早く戻してあげたほうがよいですよ。人の手で長い間育てられると、自分で餌《えさ》を獲れなくなります」

「ふうん、そうか。それではもっとかわいそうなことになるな」

ヒナを巣に戻すと、どこからともなく親鳥が飛んで来た。その様子を見守って、互いに名乗りあって以来の付き合いだ。

草介にしてみれば、人より反応が鈍いだけなのだが、高幡には聞き上手だといわれた。話していると気分が落ち着くのだと、高幡は御役屋敷に足繁く通って来るようになった。

高幡が三年前まで定町廻《じょうまちまわ》りを務め、神田《かんだ》の金沢町《かなざわちょう》にある共成館《きょうせいかん》という剣術道場で五本の指に数えられるほどの剣士だというのを人づてに聞いたときは、その風貌からして納得したが、人は一面ではかれるものではないなとあらためて思ったものだ。

それにしてもこの日の高幡は、話しながらしきりに鬢《びん》を掻《か》いたり、腿《もも》をさすってみたり、そわそわ落ち着かない。

と、不意に思いつめた眼で乾薬場を見つめ、いっそ……薬でもあればなぁと、呟《つぶや》いた。

「はい？　惚れ薬、ですか」

草介が訊《き》き返すと、ぎょっと身を引いて、

「いや、冗談だ、冗談だよ、草介どの」

はっはっはと、高幡がわざとらしく笑う。

なるほどと、草介はようやく得心して、頬を緩めた。高幡がこほんと咳払《せきばら》いをする。

「惚れ薬……興味はありますよ」

草介が額に指先を当てていった。

おお、と高幡が眼を見開き、身を乗り出す。

「なんのお話で楽しんでおるのやら」

突然、尖《とが》った声が飛んで来た。草介がゆっくり首を回すと、いつからいたものか、木刀を手にした千歳《ちとせ》が皮肉っぽく口の端を上げて立っていた。千歳は西側の御薬園を預かる芥川小野寺《おのじ》の娘だ。黒々とした眉をきゅっと上げ、若衆髷《わかしゅまげ》を結い、袴《はかま》姿で剣術道場に通うお転婆《てんば》だ。芥川家の自邸が本郷から芝に移ったことで、道場通いに楽な御役屋敷に住むようになって一年が経つ。千歳にとって高幡は偶然にも同門の兄弟子にあたり、よく御役屋敷の庭で稽古《けいこ》をつけてもらっている。年が明け十七になったが、これでは嫁の貰《もら》い手《て》がないと、父の小野寺も頭を抱えている。それでも当の本人はどこ吹く風だ。

草介はあわてて手を振った。

「いえ、千歳さま。惚れ薬や媚薬と申すものは、遥か昔から洋の東西を問わず、男女を問わず……滋養や不老や強壮という健やかな暮らしを保つためさまざまな生薬を組み合わせて作るきちんとした薬なのです。まあ、イモリの黒焼きは少々まじない臭いですが、ナマコ、オットセイなど、生き物も用い――」

まあ、と千歳が眉をひそめた。

他にも、西洋では莨菪《ろうとう》を用いると眼がぱっちりと魅力的になり、イカリソウには催淫《さいいん》の効果があり、安息香《あんそくこう》と呼ばれるエゴノキの品種からとれる樹脂は鼻をつく臭《にお》いがするが、熱すれば甘美な香りを放ち、気分を奮い立たせる香薬としていにしえより用いられと、草介が語れば語るほど、千歳の表情が徐々に険しくなって来る。

「草介どの……もうそれぐらいで」

高幡が目配《めくば》せして、小さく首を横に振った。

千歳が唇を真一文字に引き締めている。草介はしまったと思ったが、もう遅い。

「馬鹿馬鹿しい。およしという看病人の心配ではなかったのですか。まったく殿方の考えることには呆れ果てて物もいえませぬ。その、安息香でもなんでも嗅《か》がせればよかろう」

手にした木刀をぶんと振り下ろした。

草介はそのすさまじい風圧に思わず首をすくめた。

その場ではそれ以上、話もできず、うやむやになってしまったが、惚れ薬は草介の中に引っかかったままでいた。

庶民は病を得ても診療代が高額で、なかなか医者に掛かることができない。薬代も含め、二分（一両の半分）も請求する輩《やから》もあるらしい。だからせめて、病までは至らぬけれど、体調が思わしくないときに用いる薬があってもいい。つまり予防薬だ。滋養や強壮に効果を発揮する点では、惚れ薬はまさにうってつけではないかと思うのだ。近頃は町場でも万能薬と称した薬屋独自の売薬が数多く出回っていた。しかし、効き目のほどは不明だし、用法を違《たが》えて死ぬ者もある。高幡の望む惚れ薬とは似て非なるものだが、誰もが買え、安心して服用できる常備薬が作れたらいいと草介は思う。かつては幕府が、薬種屋《やくしゅ》に薬の処方を教えてもいたのだ。よい薬を生み出すのも御薬園の役目ではないかと草介は考える。

桂皮や安息香から、なにかできないものか、草介は豊かに茂る樹木を再び、見上げた。

「捜しましたよ、草介どの。すぐに御役屋敷にお戻りください」

背後からいきなり千歳の声がして、驚きのあまり草介は三歩ほど飛び退《の》いた。千歳が呆れ顔をする。

「あのう、なにかあったのですか」

草介は肉桂の林を出、すたすた先を行く千歳に訊《たず》ねた。千歳は歩を緩めず、養生所に風疹《ふうしん》の患者が大勢押しかけて来たと応えた。

草介は眼をしばたたいた。高熱が出て全身に赤い発疹《ほっしん》が出るが数日で消える、いわゆる三日麻疹《みっかばしか》だ。麻疹に比べれば死亡率は低いが、伝染する病である。子どもが罹《かか》りやすく、稀《まれ》に大人も患うことがあり、身ごもっている女人は特に注意を要する。お腹の赤子によくない影響が出るといわれているからだ。すでに市中に広がっているという話だった。

「養生所の生薬が足りぬとのことで、急ぎ御薬園でも手伝うことになったのです」

「ああ、それは大変だ」

「荒子《あらしこ》も皆、すでに薬種所に詰めています」

荒子は十一名いて、御薬園で採取した生薬の精製を行っている。その他、御薬園内の植物の栽培を主な仕事とする園丁《えんてい》がおり、御薬園同心はその者たちの管理と監督が役目だった。

「草介どの、お早く」

千歳に急かされ、草介も足を速めた。

二

葛根《かっこん》、芍薬《しゃくやく》、甘草《かんぞう》、升麻《しょうま》、生姜《しょうきょう》を処方した升麻葛根湯は、感冒や麻疹などにも有効な煎薬《せんやく》として広く用いられる。分量を量り、布袋に分けて、取り急ぎ数十人分を用意した。

草介はそれを荒子に持たせ、養生所へと足を運んだ。表門を潜り、役人詰所に訪《おとな》いを入れたが誰も出て来る気配がない。荒子をそこに待たせたまま、草介は脇《わき》へと回った。

養生所の裏門に若い女がいた。襷《たすき》をかけ、前垂れを締めている。たぶんおよしであろうと声をかけようとしたが、草介は止めた。およしは顔を強張《こわば》らせ、誰かと話をしている。相手の姿は門の陰に隠れ、草介からは見えない。およしはすばやく胸元から取り出した小さな紙包みを手渡し、そこを離れた。草介は、たぶん例の色男が無心に来たのだろうとあたりをつけた。

およしが草介に気づき、少しぎこちない笑みを浮かべて、頭を下げた。

「以前一度お会いしました、御薬園同心の水上草介です。煎《せん》じ薬《ぐすり》を持って参りました」

草介の言葉に、およしの表情が急に輝いた。ほっとしたように胸の前で両手を合わせる。

「風疹の入所者は増えているのですか」

草介が訊ねると、およしは、ええと頷き、

「幼い者が多く、気が抜けません。高熱が続くので、かわいそうで」

長い睫毛《まつげ》を伏せていった。草介は横顔が美しいなと、ぼんやり思った。

役人詰所に戻ると、およしは荒子から渡された包みを大切そうに受け取り、

「これからすぐ、患者さんに薬を煎じてあげます。ありがとうございました」

深々と腰を折った。

「では後日、与力どのの受領書を御薬園へ……」

と、草介がいいかけたところへ、突然、高幡が息せき切って飛び込んで来た。背に子

どもを負っている。

「おお、およしどの。この子を頼む。もう三日も熱が下がらぬらしい」

五歳ぐらいの男児だ。顔が真っ赤で息も荒い。およしはすばやく近寄ると、背の子どもの髪を手でかき分け、首元を覗《のぞ》き込んだ。

「まだ発疹が出ていないようですね。苦しそう。高幡さま、こちらへ」

高幡が履物《はきもの》を飛ばし、式台にあがったとき、

「あの、与力さまの確認も取らずに入所させて大丈夫なのですか、高幡さん」

草介は思わず声をかけた。養生所は医薬代はむろん、生活費もままならない人々のための施設だ。入所には名主の許可を得、養生所で与力の確認を取ることになっている。

「おお、草介どの。近所の棒手振《ぼてふ》りの息子でな、下に赤ん坊がいるので伝染《うつ》さないよう、連れて参った」

「では名主の許可も……？」

「のんびり名主の処《ところ》へ行くわけなかろう」

「しかし、決まりを破っては……」

おろおろする草介に向かって一瞬、ぎろりと鋭い眼光を放つと、

「幼子の命と決まりとどちらが重いかは明白。さ、およしどの」

高幡が、およしを促した。

「はい」

およしは、眩《まぶ》しげに高幡を仰ぎ見た。その口元にはうっすらと笑みが浮かぶ。ふたりは互いに眼を合わせ、しかと頷き合い、奥へと走り去った。その様子を草介と荒子は半ば呆然《ぼうぜん》と見送った。

高幡が定町廻りを退いたのは上司とそりが合わなかったからだといっていた。ああいう懸命さが疎まれたのかもしれないと、ふと思いつつ、草介は養生所を後にした。

仕切り道を戻りながら荒子が、あのおふたりは息がぴったり合っていましたなぁと、感心するようにいった。

「え？」

「水草さまは、気づかれなかったんで？」

荒子が眼をぱちくりさせた。

およしが高幡をふと見上げたときに見せた、あの顔と、あの笑みを不思議に感じたが、そういうことかと、ようやく首肯《しゅこう》した。

およしもきっと高幡に惹かれているのだ。高幡用の惚れ薬など無用だなと思ったが、では、金を無心に来る男のほうは何者だろうと、草介は口の端を曲げて唸った。

その夜、御役屋敷の横にある同心長屋の戸を叩く者があった。すでに戌《いぬ》の刻（午後八時）近い。草介は、眼を通していた本草書を閉じ、今日、拾ったスダジイと肉桂の葉を文机《ふづくえ》の上に丁寧に載せ、立ち上がった。

板戸を開けると千歳がするりと身を滑らせるようにして入って来た。

「このような夜分にどうなされましたか」

草介は己の声が十分にうわずっていることに気づいていた。ところが千歳はけろりとした顔で座敷に上がりこみ、大きな瞳を回して、

「原島《はらしま》忠太《ちゅうた》、という御家人でしたよ」

にこりと笑った。草介はなんのことかと口を半開きにした。

「およしという女看病人の相手です」

「へ?」

さらに間抜けな声を上げると、だから荒子らにも水草などといわれるのですと、千歳は頭を振った。

千歳にとって道場の兄弟子でもある高幡の恋煩《こいわずら》いなどどうでもよく、草介にも勝手に惚れ薬でも媚薬でも作って差し上げればよろしかろうとけんもほろろだ。だが、か弱い女子《おなご》に付きまとい、銭をせびるような不埒《ふらち》な男は断じて許せないと憤《いきどお》っていた。草介は、か弱い女子という括《くく》りに千歳自身は入っているのだろうかと疑問を感じつつ耳を傾けた。

千歳は、原島という男を養生所の前で見かけたらしい。

「わたくしの好みではありませんでしたが」

千歳は妙な前置きをして、たしかに端整な顔立ちだったといった。だが、

「覇気がないというのでしょうか。草介どののように薄ぼんやりしていても、御薬園のお務めや、好きな押し葉を懸命になさっておられるのとはあきらかに違います」

千歳はちらりとスダジイの葉に眼をやる。

褒《ほ》められているのやら、貶《けな》されているのやらと、草介は肩を軽くすくめた。

その後、入所中の患者から情報を得て、本所北割下水《ほんじょきたわりげすい》まで足を延ばし、ようやく屋敷を探しあてたのだという。それで遅くなったのかと、草介は得心しながらも、何事もなくよかったと胸を撫《な》で下ろした。

原島家は、もとは百石をいただいていた御家人だったが、父親が役目で失態を犯し、十二石にまで落とされた。

それを聞いて草介は気の毒にと、心のうちで呟いた。御薬園同心は二十俵二人扶持《ぶち》の薄給ではあるが、代々凌《しの》いで来た家と零落した家とでは気の持ちようがまったく違う。

しかも原島は十八歳のとき、父母を続けざまに亡くした。父親は自刃、母は病死だったという。家督は許されたものの、しくじりを犯した家では後見も頼る人もなく、原島はよからぬ処に出入りを始め、無頼の者どもと付き合い、荒れた暮らしに身を投じるまで、あっという間だったらしい。隣家の妻女がこわごわ話してくれたと、千歳は眉間《みけん》に

皺《しわ》を寄せた。

　飯屋や居酒屋で難癖をつけては勘定を踏み倒し、酒癖も悪く、そこそこ剣の腕もあったせいか、かっとなるとすぐに刃《やいば》をちらつかせては、銭を巻き上げる小悪党で、賭場《とば》の借金もかなり抱えているという。

「およしとはどこで知り合ったのです？」

「およしの一家は、かつて原島家で奉公をしていたのです」

　いまだに昔の主従関係を振りかざしているわけかと、草介は頷いた。

「いかに苦しい境遇に身を落とそうとも、女子に銭金を無心するなど、武家のすることではありませぬ」

　千歳は形の良い唇をぐっと引き結んだ。

「それに、およしという看病人も、なぜ縁を切ろうとしないのか、わたくしにはわかりかねます」

　娘らしい潔癖さを込め、千歳は強い口調でいい放つ。

　草介は怒りのあまり千歳の頭から湯気が出そうな気がして、つい見つめてしまった。

と、千歳が頬を不意に染め、俯《うつむ》いた。

「……ともかく原島という男を見過ごすわけには参りません」

　草介は眼をしばたたき、千歳を軽くたしなめるようにいった。

「あのですね、こういうことは、他人がとやかくいうものでは……」

「見て見ぬ振りをしろと？　では草介どのはなんとも思われないのですね」

「そういうわけでは……」

「いいえ、もう結構です」

千歳はぴしゃりというや、すっくと立ち上がり、長い髪を揺らして長屋を出て行った。

やれやれ、まるで辻風《つじかぜ》だと、草介は土間に下りる。心張《しんば》り棒《ぼう》をかいながら、もう少しきちんと諭《さと》すべきだったかと、心配になった。ま、無茶はしないだろうと思ったとき、千歳の残り香が、草介の鼻先をくすぐった。

三

風疹は二月に入っても一向に収まる気配がなかった。ひとりが治ると、別の者が発症する。悪循環だった。しかもこの時期に流行《はや》る感冒とも重なり、薬を手に入れることさえ難しくなっていた。近頃では、値を吊り上げるために薬種屋が薬を隠しているのではないかという根も葉もない噂まで流れていた。

このまま風聞が広がれば、店が打ち潰《つぶ》されるかもしれないと薬種屋たちは身を震わせているらしい。実際、数十人に押しかけられ、多量に薬を持ち逃げされた店もあると、草介は耳にした。

今朝方も神田の須田町《すだちょう》に店を構える薬種問屋美濃屋《みのや》の番頭がやって来て、

「世の中が落ち着くまでの間、用心棒でもということになりましてね。幸い、養生所の方がお侍さまをご紹介くださり、早速、住み込みで居ていただいておりますよ」

ため息を吐きつつ、帰って行った。

風疹は幼子が罹りやすい。親であれば熱にうなされている子を見れば心配にもなろう。だが悪戯《いたずら》に不安を煽《あお》る者が現れると、人々は一気に過熱する。病も妙な風聞も一刻も早く終熄《しゅうそく》してくれないかと思う。

昼を過ぎてから、草介は園丁らと畑に出て、春半ばに植え付けする薬草のための土作りをしていた。馬糞《ばふん》と灰を混ぜて、練り置くのだ。鍬《くわ》を振るう手を休め、ナツメの木を見上げる。百年ほど前、清《しん》国より薬用として植樹されたものだ。岡田家の御役屋敷の前には大イチョウがある。共に御薬園を象徴する樹木だ。

すっと風が通り、草介は汗を拭《ぬぐ》った。

高幡が険しい表情で草介のほうへと近づいて来る。草介の前で立ち止まると無言で腕をぐいと引いた。ナツメの木の下まで行くと、高幡が一段、声を落とした。

「養生所から多量の薬が消えたのだ」

草介は耳を疑った。まだ与力には伝えていないと高幡はいった。報《しら》せて来たのは見習い医師で、一月末までは薬を確認している。新たに脚気《かっけ》で入所して来た者のために処方したので間違いないという。

　御薬園の薬はお上のものだ。このことが洩れれば盗んだほうも盗まれた養生所もただでは済まない。だが一月末からだと、すでに七日が経っていた。高幡は四角い顔を歪《ゆが》めた。

「おれは内部の者の仕業だと思っている」

　まさかと、草介は眼を見開いた。

「しかも薬の出し入れを任されていたのは、およしなのだ」

　草介は絶句した。養生所へ薬を持って行ったとき、およしは早く患者に煎じてあげたいと大事そうに受け取った。そんなおよしが薬を盗むことなど考えられないと、草介は返した。

　だからだと、高幡は苦しげに呻《うめ》いた。いま入所している患者の分は残されていたというのだ。盗みを働く者がわざわざそんなことに気を遣うかと、逆に高幡から詰め寄られた。

「薬を盗んでどうしようというのです」

「売れば、いまなら高値で買う者もある」

　高幡が頭を振った。しかし、このまま放っておいてはいずれ気づかれると呟いた。

「まさか……原島忠太という者のために」

「草介どの、なぜ、その名を」

「少し前に千歳さまが調べて来たのです。あのような男は許せないといって」

「あの、はねっかえり……」

高幡は呆れていった。

「およしさんにこのことはたしかめたのですか?」

まだだと、高幡は口元を曲げた。

「最近は原島も姿を見せぬ」

「では仮に盗んだとしても、薬はまだ、およしさんの手元にあると考えられますね」

「気になるのは、およしが使いに出ていた日に、およしを訪ねて古着屋が来たことだ」

「はぁ」

高幡は元定町廻りとしての勘が働くのかもしれないが、草介にはさっぱりだ。

高幡がふっと自嘲気味に首を横に振った。

「女子に銭金をせびって酒でも呑んでいるくらいならいいが、根が腐りかけた奴はなにをするかわからん。そう思わぬか、草介どの」

「まあ、草花も一旦、根腐れすると元には戻りませんが」

哀しげに目蓋《まぶた》を閉じ、高幡は頷いた。

幾度か原島と顔を合わせたが、その都度、同じ思いを抱いたという。

「あいつの眼がな、どこか捨て鉢《すてばち》なのだ。おれは定町廻りのとき、そういう眼つきの奴を散々見て来た」

草介は小さく頷いた。

「結句、人を傷つけるか、己を傷つけるか、そうならないことを祈るだけだ。だが、まことにおよしがあの男を想うているなら……」

高幡が唇を嚙《か》んだとき、あっと、草介は手を打った。

「原島は須田町の美濃屋に居るかもしれません。今朝、養生所の者から紹介された侍を、用心棒に雇ったと番頭がいっておりました」

「まさか、およしが、原島を……か？」

高幡は続く言葉を失っていた。

ふと草介は、須田町の美濃屋と金沢町の道場とを結んだ。昌平橋《しょうへいばし》を挟んでいるがふたつの町はごく近い。そういえば三日前、千歳が道場に行くといって、そのまま御役屋敷に戻らなかった。芝の自邸へ帰ったとばかり思っていたが……草介の身が粟立《あわだ》った。

「……あの、つかぬことを伺いますが、ここ数日の間に、道場で千歳さまとはお会いしましたか」

「いや、おれも行っておらんのでわからん」

御役屋敷の庭で木刀を振るう際にあげる甲高いかけ声にふだんは辟易《へきえき》しているが、聞こえて来ないと物足りなさがある。

草介の心の臓にきりりと痛みが走った。

「千歳どのがどうかしたのか？」

それが……と草介がいいかけたとき、御役屋敷の表門で、

「水草さまぁ、てぇへんでやすよ。飛脚が千歳さまの書状を持ってめぇりやした」

園丁が手を振りながら叫んでいた。

草介と高幡は互いに顔を見合わせ、思わず走り出した。

草介は園丁から書状を受け取ると、もどかしげに開いた。文字を眼で追いながら、血の気が引いていくのを感じた。

千歳の書状には、原島が薬種問屋美濃屋に押し込みを働こうとしている節がある、と記されていた。毎日、原島は店から神田川沿いの柳原土手《やなぎわらどて》に向かう。そこで同じ古着屋と一言二言会話を交わすとすぐさまその場を離れる。その行動がいかにも不自然に思えたとあった。

柳原土手は昼間は古着、古道具の床店《とこみせ》が並び、夜になると夜鷹《よたか》が袖《そで》を引く場所だ。古着屋は頬が削《そ》げ、鋭い眼をした、およそ客商売向きでない顔だと付け加えられていた。

高幡の表情が一変している。これまで見たこともないような冷然とした眼差《まなざ》しに、草介は、かつての定町廻りの高幡の姿をはっきり見たような気がした。

「およしを問いただす」

高幡は厳しくいい放つと、身を返した。

草介は高幡の背に投げかけた。

「待ってください。およしさんがこの一件にかかわっているとお思いですか」

「どういう経緯で原島を美濃屋に会わせたのか訊ねるべきだろう。それに一度、およしに古着屋が会いに来ている。原島が柳原土手で会っている古着屋と同じ奴だとすれば」

「ですが、およしさんは逃げたりしませんよ。あの方を頼りにしている患者さんが大勢いるのですから。およしさんの傍《そば》にいる高幡さんならそれくらいおわかりではないのですか」

高幡が拳《こぶし》をぎゅっと握った。

「それより千歳さまです」

千歳は道場に赴いた際、たまたま原島を見かけてしまったのだ。その原島が美濃屋の用心棒に収まっていることを知り、様子を窺《うかが》っているうち動けなくなってしまったのだろう。書状には、美濃屋の向かいの蕎麦《そば》屋で厄介になっていると書いてある。

「飛脚なぞ使って報せて来たのです。きっと助けが欲しいはずです」

草介は懸命に食い下がった。

「それに……千歳さまの性分からいって、まことに悪事を企んでいるとわかったら、原島に向かって行ってしまうかもしれません。原島はそこそこ剣も遣えるといっていました」

高幡が振り向き、大きく息を吐いた。

「わかった。ならば急ごう」

えっと草介は頬を引きつらせた。

「千歳どのが心配ではないのか」

草介は幾度も顎《あご》を上下させた。

「原島がどれだけ遣うか知れんが、千歳どののことは草介どのに任せるからな」

気が遠くなりそうになりながら、はいと応えた。

高幡が先を行く。草介もあたふたと後に続き、仕切り道を早足で行く。

草介は道の途中であっと声を上げた。腰に帯びているのは植木ばさみだ。高幡が首を回し、若干、探るような声で問うてきた。

「草介どのは、剣のほうは遣うのかな」

「私が振るえるのは、植木ばさみか鍬ぐらいです」

「なるほど、ではそれでよいか」

高幡がようやく笑みを見せた。

陽は中天を少し越していた。神田までなら急げば半刻（一時間）かからずに行ける。

養生所の前に差し掛かると、いきなり飛び出して来た者があった。高幡の足元に平伏したのは、およしだった。

四

およしはその場で、わっと泣き声を上げた。養生所の薬を盗んだのはやはりおよしだった。原島の博打《ばくち》の借金を返すためだ。

「でも、患者さんのことを思ったら無理でした。いまはわたしの行李《こうり》の中にあります」

忠太は家禄を削られ、両親を続けて亡くし、自分だけが不幸を背負い、世の中からもいらぬ人間だと思い込んでしまったかわいそうな方なのだと、およしは嗚咽《おえつ》を洩らした。

「わたしがいけないのです。わたしがお金を渡し続けたから、忠太さまも立ち直る機会を失ったのです」

美濃屋を紹介したのは心底、真面目《まじめ》に働いてほしかったからだといった。だが、それも間違いだったかもしれないと、およしは顔を伏せ、激しく頭《かぶり》を振った。賭場で知り合った古着屋や他に三人ほど仲間がいるらしく、ひどく胸騒ぎがするという。

高幡は膝《ひざ》をつき、そっとおよしの肩に触れた。はっとして顔を上げるおよしに高幡は力強く頷きかける。頬をつたう涙を拭いもせず、およしは高幡を真っ直ぐ見つめた。

およしのもとを離れ、高幡は再び歩き出した。

「草介どの。貴公に初めて会ったときのことを思い出した。人に長く手をかけられたヒナは自ら餌がとれなくなるってな。原島もそうだったのかもしれんな」

草介は、寂しげに笑う高幡を見た。

一日おきとはいえ、八丁堀《はっちょうぼり》の自邸から、小石川まで通っている高幡の歩みは軽く走るくらいに速い。草介は後について行くのが精一杯だった。千歳の留まっている蕎麦屋に着いたときには膝が笑っていた。千歳の姿を見て、ほっとした途端、へなへなとくずおれてしまった。

やはり、千歳は道場の帰りに美濃屋へ入る原島を見かけ、不審に思ったのだといった。

「おそらく土手の古着屋と連絡を取っているのだろうな」

「では、原島が美濃屋へ手引きを」

千歳が上気した顔でいった。

「その前に捕え、くわだてを吐かせる、か」

「でしたら原島は夜四ツ（午後十時）を過ぎると、酒を呑みに出るか、柳原土手の……」

千歳はそこで面を伏せた。高幡が夜鷹かと呟く。柳原土手がそんな場所であることを知らず原島の跡を尾《つ》けたはいいが、若衆髷に袴姿の千歳は途端に、白粉《おしろい》臭い女たちに取り囲まれ、あわてて逃げたらしい。

蕎麦屋の真向かいが美濃屋だった。二階の座敷から、人の出入りがよく見える。

草介が千歳をちらちらと窺う。千歳は、そっぽを向くようにして視線を逸《そ》らせた。

「ともかく心配したのですよ。高幡さんも私も。こういう危ない真似《まね》はおやめください」

やっとの思いで草介がいうや、

「まさか水草どのにいらしていただけるとは思いもかけませんでした」

ご心配、かたじけないと、千歳はからりと応えた。高幡がため息を吐いて横目で草介を見る。もう少し強くいうべきだと、眼が語っていた。草介はぽりぽりと額を掻いた。

その夜、千歳のいう通り、四ツを過ぎ、原島が美濃屋から出て来ると、柳原土手のほうへと向かった。

高幡がまず蕎麦屋の裏口から出る。どうしても一緒に行くといってきかない千歳に従って草介もしかたなくその後ろに続いた。

霞《かす》んだ上弦の月が西に浮いている。浅い春の夜はまだ肌寒く、土手沿いに延びる柳原通りには人気《ひとけ》もない。

原島の手にした提灯《ちょうちん》が和泉《いずみ》橋の手前で止まる。高幡が低い声で、呼びかけた。

振り向いた原島が提灯をかざす。

原島の顔がぼんやりと草介の眼に映った。

なるほど細面で鼻筋の通った顔立ちではある。だが、どことなく卑屈で陰湿な影を潜ませているように思えた。

「誰かと思えば。こんな処で奇遇だな。養生所の旦那が夜鷹買いとは思えないが」

「美濃屋に入り込んで、なにを企んでいる」

「おれは美濃屋の用心棒だぜ」

原島はせせら笑うようにいった。

「押し込みの手引きなどしたらどうなるかわかるだろう。およしも心配している」

「ったく……どいつもこいつも」

ぼそりと呟くようにいうと、原島は提灯を投げ棄て、いきなり抜刀した。高幡が鯉口《こいぐち》を切る。

「鬱陶《うっとう》しいんだよ。死のうが生きようが、おれの勝手じゃねえか」

刃を振りかぶり、地を蹴って原島が突進して来た。悪鬼のような形相に、柄《つか》に手をかけたまま小さな悲鳴をあげた千歳を草介は咄嗟《とっさ》に庇《かば》うように抱いた。己のすばやさに動揺しつつ、千歳の身体が見た目よりずっと華奢《きゃしゃ》だと、不謹慎にも思った。

原島の刃はたしかに鋭かった。だが高幡は振り下ろされた一刀をするりとかわすと、原島の胴を打ち据えた。一瞬だ。呻き声を上げて倒れた原島の顔を高幡が思い切り地面に押さえつける。

「さあ、仲間の居所を吐け」

くそっ、殺せ、死なせてくれと原島がもがきながら歯を剝《む》いて叫ぶ。

眼前の光景にただおののいていたが、驚くほど急激に怒りが湧き上がってくるのを草介は感じた。養生所には重い病で苦しんでいる者が大勢いる。町場では皆、懸命に生きている。草介はそんな者たちに安心を与えたくて薬草を育て、薬を作り続けている。この男は容姿も整い、いたって健康で、剣術もできる。要はただ子どものように拗《す》ねているだけではないか。無駄な生など万にひとつたりともないというのに——草介は千歳から手を離し、高幡に組み伏せられてなお、わめき散らす原島に近づいた。

草介は拳をぷるぷると震わせながら、息を思い切り吸い込み、一気に吐き出した。

「馬鹿と弱虫に付ける薬はありませんっ！」

高幡も千歳も、原島までもが眼を円くした。

薬種問屋美濃屋に押し込みを働こうとしていた柳原土手の古着屋と他三名は、翌日、町奉行所によって捕えられた。四人は、美濃屋へ押し入る手助けをすれば借金も返済できると原島をそそのかしたのだという。原島の自白によって未然に防げたが、これまでの小さな悪事も同時に露見し、原島家は取り潰しになり、江戸所《えどところ》払《ばら》いの沙汰が下された。原島以外の四名は遠島となった。

原島が軽い処分で済んだのは高幡が随分と頑張ったという話だ。原島は、草介の言葉が身に染みたといったらしい。しかし草介は夢中でなにをいったか覚えていない。

ようやく市中の風疹も感冒も終熄の兆しが見え始めた。御薬園の草花たちも、日々暖かみを増す陽射しの下で輝いている。

高幡が定町廻りに戻るかもしれないと、千歳が御役屋敷の庭で木刀を振るいながらいった。

「此度《こたび》の働きが町奉行さまのお耳に入ったそうです」

高幡が数日、養生所に姿を見せないのも、そのためではないかという。だが、草介はつい先日会ったとき、高幡の様子がおかしいことに気づいていた。目元がぼんやりして、顔も腫《は》れぼったかったのだ。

草介は薬草干しをしながら、園丁に、養生所のおよしを呼んで来てくれと頼んだ。ほどなく現れたおよしの表情は明るい陽を浴びながらも少し暗い。薬盗難の一件は、別室に置き忘れたということにして、高幡が片づけてしまった。

「水上さま……このたびは」

「私はなにもいたしておりませぬよ。礼なら千歳さまにおっしゃってください」

およしが千歳に近づこうとすると、千歳はそれを拒むふうに、自らぺこりと頭を下げ、再び、木刀を振るい始めた。

千歳は少々ふて腐れている。若い娘が捕り物の真似事をと、父親にひどく叱り飛ばされ、しばらくの間、外出禁止令が出されたのだ。そのうえ、原島が剣を抜いた際、悲鳴をあげたのも、草介に護られたこともいまだに気に染まぬらしい。

草介は乾薬場を出て、お気になさらずにと、およしへ笑みを向けた。と、およしが不安げに口を開いた。

「あの、高幡さまがお役替えになると伺ったのですが、まことのことでしょうか」

およしの瞳が揺れている。

「さあ、私にはわかりませぬが、それよりも」

草介は懐から薬袋を取り出し、およしに手渡した。これは……と、視線を落としたおよしがはっとして草介の顔を見た。

「お願いできますか。八丁堀の高幡さまのお屋敷まで届けていただきたいのです」

およしは、はにかむような笑みを浮かべ、草介に深々と頭を下げた。大事そうに薬袋を胸に抱え持つと、軽やかに踵《きびす》を返した。

およしの背を見送りながら、千歳が小走りに近づいて来る。なにやら顔を赤らめ、周囲を見回してから、ささやき声でいった。

「草介どの。いま、およしさんに渡した薬は例の……あ、あ、安息香、ですか」

まさか、と草介は顔をほころばせた。

「どうも高幡さんが風疹に罹ったようでしたので、その薬です。ですが……」

およしが病で臥《ふ》せっている高幡を放っておくはずがない。ましてや、およしは高幡の想いに気づいているし、惹かれてもいるようだ。

それに高幡の屋敷には、老僕がひとりいるだけだと聞いている。だとすれば、

「おふたりで過ごす安息の時が、なによりの媚薬でしょう」

草介は、ぽりぽりと額を掻いた。

柿のへた

一

小石川御薬園《こいしかわおやくえん》もすっかり春めいてきた。

約四万五千坪にも及ぶ広大な敷地内は緑の香りに包まれ、色とりどりの花々に彩られ始めている。朝夕の鳥のさえずり、花をわたる蝶の舞い。五感のすべてが満たされるようだと御薬園同心の水上草介《みなかみそうすけ》は深く息を吸い込んだ。

家督を継ぎ、御薬園同心に就いてから三度目の春だった。

草介は種蒔《ま》きに向かうため芥川《あくたがわ》家の御役屋敷を出る。御薬園は中央を貫く仕切り道で東西に分かれており、東側を岡田《おかだ》家が、西側を芥川家が管理している。

すでに園丁たちは仕切り道沿いの畑で作業をしているはずだった。

これから桃が咲き、桜と続く。御薬園はさらに華やかになる。柔らかな陽射しを浴びて生き生きと輝く草花を見ると草介の心も躍る。

草介は、御役屋敷門前の脇に植えられている柿の木に眼を留めた。昨年の秋は多くの実を結び、草介や御薬園の者たちはその恩恵にあずかった。落葉して、少々寂しい姿をさらしていたが、陽気に誘われ、冬芽からも若い葉が覗いている。

草介は腕を伸ばし、低い枝の先にある若葉を指先で突《つつ》いて、にこりと微笑んだ。

「草介どの」

背に声をかけられ、あわてて草介は振り向いた。袴を着け、若衆髷を結った千歳《ちとせ》が御役屋敷の門から、こちらに向かって大股で歩いて来る。いつもながら堂々とした歩きっぷりだと草介は思った。

「まことに草木がお好きなのですね」

「ああ、いやその……とんだところを」

ぼんの窪《くぼ》に手をあて、しどろもどろに応えながら草介は千歳に向き直る。

千歳は御薬園の西側を代々預かっている芥川小野寺《おのじ》の娘だ。女子ながら、金沢町にある共成館という剣術道場に通うお転婆だった。父親の小野寺も十七になった娘の行く末が心配らしく、ときどき草介相手に愚痴をこぼすこともあった。

「草介どのにご相談があるのです」

千歳は勝気さをそのまま表したような真っ直ぐ伸びた眉をひそめた。

「はあ、私でお役に立てるなら」

「草介どのでなければ、だめなのです」

千歳にぐっと顔を寄せられ、草介は思わず一歩身を引いた。だが、そんな草介の様子などお構いなしに、千歳はなおも迫ってきて、

「強くなれる薬を作っていただきたい」

唐突にいった。

草介は打てば響くという性質《たち》ではない。いわれたことを一旦、咀嚼《そしやく》してから、応える。軽く額を掻いてから、草介は訊ねた。

「ええと、それは剣術のためでしょうか、それとも……」

剣術です、と千歳が即答した。

他になにがあるのですかと、いわんばかりの険しい表情だ。草介はさらに後ずさりしてすっかり柿の木に背中を預けるような格好になった。まるで脅されている気分だ。腰から下げた植木ばさみが幹に触れ、こつんと軽い音をたてた。

たしかに男に比べて女子は体力も筋力も劣る。やはり限界を感じ始めたのであろうと、草介は勝手に思った。だが、女子であろうと剣術を続けているうちには、肩もがっしりと張り、二の腕も固く引き締まるのであろうか……千歳のそんな姿をつい想像してしまい、急いで、打ち払う。

「なにをぼんやり考えているのです」

千歳が草介を軽く睨《にら》む。

いやその、と草介は口ごもり、

「今日は良いお天気ですね」

手拭いを腰から抜いて汗を拭った。

千歳は訝《いぶか》しげな眼を草介に向けながら、生真面目な顔でいった。

「わたくしがお世話になっている共成館に通う有坂寅之助《ありさかとらのすけ》という十四歳の少年のためです」

はぁと草介はいささかほっとして力の抜けた声を出した。

千歳は、なにか勘違いなさったのですかと呆れ顔をしつつ、半年ほど前からその有坂寅之助という前髪の少年の面倒を見ているのだといった。寅之助の父、有坂忠右衛門《ちゅうえもん》からくれぐれも頼むと頭を下げられたらしい。

「あのう、有坂家といえば御書院番頭《ごしょいんばんがしら》を務めている……旗本の」

千歳が頷く。

草介は絶句した。御書院番頭は上さまに近侍《きんじ》するお役である。家禄も三千石のご大身《たいしん》だ。

「有坂家と芥川家は縁戚なのです。芥川から嫁《か》した方がいたそうですが、昔のことでわたくしはまったく知りませぬ」

共成館の評判を聞きつけ入門して来たのだが、そこに千歳が通っていることを知った忠右衛門は大喜びだったという。

それというのも寅之助、すでに道場は共成館で三つ目だった。いずれも父の忠右衛門が道場の師範や師範代と揉《も》めてやめていると、千歳がため息を吐いた。

「なにが原因でそのようなことになっているのですか」

草介が訊ねる。

「寅之助が弱いと忠右衛門さまはおっしゃっているのです。まったく上達が見られないと」

忠右衛門自身がかなりの遣い手であることが、道場や寅之助への厳しい評価に繋《つな》がっているのだろうと、千歳は、困ったふうに艶やかな唇を曲げた。

「ですがそうではないのです。寅之助はお父上さま譲りで、剣術の才に溢《あふ》れています。しかもそれに驕《おご》ることなく、近頃の子どもには稀《まれ》なほど稽古にも熱心で、共成館の年少、いえ大人でさえ手こずるかなりの実力者です」

千歳は、寅之助が以前通っていたというふたつの道場を訪ねてみたといった。やはりそこでも寅之助は真面目に剣術に打ち込む少年だったと口をそろえていっていたという。

けれど、と千歳が顔をしかめた。

「気が弱いのです。とにかく気が弱い。打ち込みの稽古やわたくしとの組太刀では実力をいかんなく発揮し、怖いほどですが、いざとなるとその気持ちの弱さが先に立ってしまい……」

これまで一度も子ども同士の試合に勝ったことがないのだと、いった。

「ははぁ。それでお父上さまの眼には剣術が弱いとしか映らないのですね」

ふうむと、草介は柿の木を仰いだ。陽の光が枝の間からこぼれている。

「寅之助さまは、ご嫡男《ちゃくなん》ですか」

「いえ、ご次男です」

「お父上譲りの剣才がおありだが気が弱く……試合には勝てない」

ぶつぶつ呟く草介を千歳は苛立《いらだ》ちつつ見つめ、こほんと咳払いをしてから、口を開いた。

「じつは、我が道場で試合があるのです」

共成館の師範、松山祥伯《まつやましょうはく》の弟弟子が開いている青龍館《せいりゅうかん》という道場と、二ヶ月に一度、年少の者だけの親善試合が行われているのだという。ときどきは別道場の者と竹刀《しない》を交え、切磋琢磨《せっさたくま》させるのが目的で始められたものだ。

前回が青龍館で行われたので、今回は共成館で開かれるということらしい。

「それが五日後に迫っています」

「はぁ」

「なにがなんでも此度は、寅之助に勝たせてあげたいのです。これ以上負け続けたら、寅之助はまことに自信をなくしてしまいます」

草介に訴えかける。

「寅之助にはいっておりませんが、お父上の忠右衛門さまが、此度で結果が出せぬならば、剣術をやめさせるともいっておられるのです。なんとか気の弱さを取り去るような、気持ちが強く持てるような薬はありませぬか」

千歳は拳を握り締め、振り回すほどの勢いでいった。

「ならばいっそ、お医者さまに訊ねてみるのもよいかと思いますが」

「それができれば草介どのにご相談いたしません」

千歳が少々怒ったふうにいった。

気弱なため医者に通うなど武士の子として恥だと寅之助はいっているという。

なるほど。十四歳ぐらいは多感で難しい年頃だ。元服も近い。よけいに気持ちが頑《かたく》なになってしまうのだろう。

草介は軽く腕を組んだ。

気持ちを奮い立たせるような生薬もなくはない。だが、負けてしまうという不安を取り除くために、心を安定させるような薬を処方するのもよいのかもしれないと思った。

しかし、いまひとつ得心がいかない。

「気が弱いと伺いましたが、寅之助さまは十分、お強いのでしょう。これまで試合に勝てなかったといっても、勝負は時の運ですよ。次は勝つかもしれない。それに……」

「違うのです」

千歳は草介の言葉を制して、いい放った。

「寅之助は、必ず負けます」

草介は額を掻きつつ首をひねった。

「なぜ、そういい切れるのですか。千歳さまが寅之助さまを信じて差しあげることも必要だと思いますが」

千歳の顔にさっと血が上る。

「さようなことは草介どのにいわれずともわかっております！」

強い口調でいうも、ふっと肩を落とした。

いつもならこのあたりで、もうよいですと膨れ面をして去ってしまうところだが、今日の千歳は少し違う。

誰もいないのにあたりを窺うような仕草をしながら、声を一段低くした。

「わたくしでは無理なのです。気の弱さに加え、寅之助は極度のあがり性なのです。大事な試合であればあるほど、舞い上がってしまい」

千歳はそこで言葉を切った。

「……吃逆《しゃっくり》が止まらなくなるのです」

「吃逆？」

思わず草介は千歳をまじまじと見つめた。

二

園丁たちが種蒔きを終えて御役屋敷にぞろぞろと戻って来るのが見えた。

先頭にいる園丁頭が、

「水草さまぁ、次はどうなさいますか」

声を張り上げた。

水草とは、ひょろ長い体軀の草介を見て、年配の同心がつけた綽名だ。おかげで御薬園で働く生薬の精製を行う荒子《あらしこ》や、草花の手入れを行う園丁たちにまですっかり浸透してしまった。だが、そう呼ばれても、草介は叱り飛ばす気はない。心が広いというより、頓着しないだけなのだ。その代わり、千歳がわずかだが顔をしかめた。

「ああ、いま行く。次は北側の畑だ。それが終わったら、アセビとタラヨウの葉を刈る。タラヨウは乾薬場にすぐに干すぞ」

へーいと、のんきな返事が響く。

アセビの葉は作物の殺虫に用い、タラヨウは乾燥させると苦味の強い茶葉になる。頭痛や歯痛に効能があった。

「千歳さま、お話の途中ですが仕事に戻らねばなりません」

「いえ、わたくしこそ無理なお願いを」

千歳がきゅっと唇を噛む。草介はふむと考えた。もともと千歳は気になると黙って見てはいられない性質《たち》ではある。

荒子や園丁たちから草介が水草と呼ばれると、千歳が不快な顔をするのもそのせいだ。同心は荒子と園丁を監督している。上役である以上、けじめはきちんとすべきだと、ときどき草介は諭されている。

此度も、よほど寅之助という子どもが気がかりなのだろう。もっとも懸命になりすぎて先走りするのが玉《たま》に瑕《きず》ではあるのだが、さすがに、吃逆ではお手上げなのかもしれない。

「あの、もしよろしければ寅之助さまに会わせていただけませんか」

「草介どの……ほんとうに？」

千歳が胸のあたりで手を合わせ、安堵《あんど》したようにいった。妙に娘らしい仕草に、草介は少々どきりとした。

「え、ええ。薬についてお約束はできませんけれど、少し話を伺いたいと思いまして」

「かたじけのうございます。では早速、明日の夕刻に連れて参ります」

千歳は、踵を返すと、若衆髷を軽やかに揺らしながら駆け出して行った。

こちらの都合も訊かずに行ってしまったと、草介は柿の木に語りかけるようにして苦笑いを浮かべた。

畑で園丁たちとともに種を蒔きながら、吃逆のことを考えた。吃逆が起きる原因は定かではない。熱いものを急に飲み込むこととか、急激に大量の息を吸い込むことだとかいくつかいわれているが、突発的に起こるものだ。

たしかに竹刀を交えている最中に吃逆などしていたら集中力も途切れるであろうし、勝てるものも勝てなくなるのは当然だ。

だが草介が懸念していたのはその要因だった。千歳の話の様子では、継続して吃逆が出ているわけではない。試合があるときだけのようだ。胃の腑や頭に、重い病が隠れていると、吃逆が止まらないこともあるのだが、そういう心配はなさそうだった。

だとすれば……草介は思わずぽんと手を叩いた。思いのほか、大きな音が響き渡る。

うわわ、と近くで種を蒔いていた園丁が飛び上がった。

「いきなり驚かさねぇでくださいましよ」

草介は、すまぬといいながら、

「そういえば吃逆は驚かすと止まるというのは本当かな」

園丁のひとりに訊いた。

そんなこたぁありませんよ、園丁は腹を抱えたが、別の者が真剣な顔をしていった。

「吃逆を百回すると死んじまうって、死んだ婆さんがいってたのはどうですかね」

「吃逆は、たとえ百回したところで死なぬよ」

草介は真顔で応えた。

「ガキのころ、ずっとそういわれ続けて来たんでさ。じゃあ婆さんに騙《だま》されてたってわけですかい。思い込みってのは怖いもんですねぇ」

そうだなぁと、相槌《あいづち》を打ちながら草介は口元を緩めた。

「ほら、口動かしてねぇで、手を動かせ」

園丁頭に怒鳴られ、草介もあわてて種を蒔き始めた。

草介は仕事を終えると、御役屋敷内にある薬種所に向かった。

百味簞笥《ひやくみだんす》の中から生薬を取り出し、薬研《やげん》を挽《ひ》いた。

薬種所に薬研の音が、がりごりと響く。草介には心地よい音色だ。

赤子のころからこの音を父の横で聞いてきた。

子守唄代わりでもあり、成長してからは互いに薬研を挽くことが、無口な父との会話でもあった。

父は草介が家督を継ぐ前、御薬園に勤めるもよし、植物の研究に打ち込むもよしといってくれた。結句、御薬園同心となったが、草介は十分に満足している。好きな植物に一年中かかわれる嬉しさはもちろん、樹木や草花が人に与えてくれる恵みの素晴らしさは御薬園で働かなければ、きっとわからなかったであろうと思うからだ。

と、草介は薬研を挽く手を止めた。

草介の場合は、父が選択をさせてくれたが、寅之助にはそれがないのかもしれない。次男でも大身の旗本であれば、婿《むこ》の口など引く手あまただろう。だが、御書院番頭を務める有坂家としての見栄もあれば体面もある。

まして寅之助に剣術の才があるとなれば、頑張れと尻を叩きたくなるのは当然だろう。現に、父の忠右衛門が道場にも口を出しているのだ。ふむと、草介は思った。草花でも肥料や水を過度に与えると枯れてしまうことがある。そういうときはほうっておくほうがよい場合が多いのだ。

不意に、園丁の言葉が浮かんできた。

吃逆を百回すると死ぬ……。

ああ、そうかと草介は呟いた。これと似たようなことがきっと寅之助の中にもあるのだ。

子どもはなにかのはずみで妙な癖がついてしまうことがある。

たとえば、魚の骨が喉《のど》に刺さると、それがずっとあるような気がして、咳払いを始める。あるいは眼に睫毛がずっと入っている感じがして、眼をこすり続ける。しかもそれが自分にとって嫌なこと、親にひどく叱られたときと重なっていたりすると、叱られる度に、その癖が出てしまう。本人はそうとはまったく気づいていない。むろん、魚の骨も睫毛もなにもない。それはすべて思い込みだ。

だが、咳払いをし、眼をこすってしまう。

寅之助にとっては、それが吃逆だったと考えられなくもない。

そのきっかけが父親の過ぎた期待の言葉だったとしたらどうだろう。

寅之助は父の忠右衛門に、なにかいわれたのだ。なにを思い込まされたのだろう。

草介は木匙《きさじ》で分量を量りながら、空いている左手の指でぽりぽりと額を掻いた。

三

翌日、草介は御薬園預かりの芥川小野寺から須田町の薬種問屋美濃屋まで使いを頼まれた。

御薬園の薬草、生薬はそのほとんどを幕府に納めている。それでも年によって生育がよく、多量にできる生薬もあり、その際には町場の薬種屋、薬種問屋に売ることができた。中でも美濃屋は御薬園の得意先である。

とはいえ今日は、小野寺が美濃屋に借りていた書籍を返しに行くだけだ。ときおりこういう使いがあるが、草介は美濃屋に行くのを楽しみにしている。諸国から集まる生薬の色、形、香りを比べてみるのだ。やはり同じ植物でも土地、気候が異なると、御薬園で栽培されたものとは若干違う。それがなかなか興味深いのだ。

昌平橋から筋違御門《すじかいごもん》へと至るあたりで、人だかりがしている。担ぎ屋台の団子屋が若い侍と揉めていた。

笠をつけた侍は、地面に転がされたのであろう老爺《ろうや》に向かって声をかけると、

「ご老人に無体なことをなさるな」

団子屋に向かって一喝《いっかつ》した。草介はおやっと思って首を伸ばした。少々声が甲高い。背丈はほどほどにあるが、よく見れば身体はずいぶんと華奢だ。

「なにを。そっちの爺《じじい》がウチの品物に難癖つけてきやがったんだぜ」

「あんたが通りすがりのわしに無理に団子を押しつけてきたのじゃないか」

老爺が恐々《こわごわ》口を開いた。

「うるせえや、この死にぞこない」

言葉遣いや人相からいっても、あきらかに団子屋の分《ぶ》が悪そうだった。周りにいる野次馬も遠巻きにしつつ、若侍の味方のようだ。

若侍は屋台に置かれている竹皮に包まれた串団子をいきなり口に入れた。

「昨日の売れ残りかな。それとも一昨日のものか？　固くて食えないぞ」

若侍がいうと、ざわつく人々の中の職人ふうの男が大声で団子屋に文句をいった。

団子屋はぎろりとその男を睨みつけ、いきなり殴りかかった。

すると若侍が脇差《わきざし》を鞘《さや》ごとすばやく引き抜いて、団子屋の腕を打った。

「痛《い》てて」

団子屋が腕を押さえて後ずさりした。

一瞬の出来事に皆、ただ呆然としていたが、やがて歓声やら拍手やらが巻き起こる。

「これからは真面目に商売してください」

その言葉を背に受けながら、団子屋は屋台を担ぐと、人波をかき分け、あっという間に逃げ去った。

草介は地面に座りこんだままの老爺を立たせ、着物の砂埃《すなぼこり》を払ってやった。どこにも怪我《けが》はなさそうでほっと息を吐いた。

「お見事でした」

草介がそう告げると、若侍は頭を振って、にこっと笑う。口元から白い歯が覗く。笠の中の顔が、かなり幼く見えた。

老爺が腰を折って幾度も礼をいうのを若侍は制し、笠を軽く傾けると昌平橋へ向かった。

草介も、集まっていた人々と同様に感心していた。発した声も見せた笑みもまだ少年のようだった。元服したばかりだろうかと、ぼんやり思った。

それにしても颯爽《さつそう》として、強い……やはり武家はああでなければと、自分を棚に上げて心のうちで呟きながら、草介は歩き出した。

ふと、この場に千歳がいたらあの若侍と同じように助けに入っただろうなと思いながら、美濃屋へと急いだ。


陽が落ちかかるころになって、千歳が寅之助を伴って草介の長屋へやって来た。

「有坂寅之助と申します。水上さま、此度はお世話になります」

背筋をぴんと伸ばして、丁寧に頭を下げた。

草介もあわてて頭《こうべ》を垂れる。

三和土《たたき》に立っていたときには気づかなかったが、座敷にあがると十四にしては長身だということがわかった。千歳よりも三寸（約九センチメートル）ほど大きい。草介ともさほど変わらない。

膝をそろえ座した姿、すっきりとした顔立ちといい、大身旗本の子息らしい育ちのよさというか鷹揚《おうよう》さが身についていた。

「私は医師ではありませんので、診立《みた》てはできませんが、吃逆はかなり辛いですか」

はいと、寅之助は小さく頷いた。

「普段から胃の腑が痛むとか、胸が苦しいなどは」

「ありません」

「試合の真っ最中に出るのですか？」

「……じつは前日から出ています。ただ試合のときが一番、ひどくなります」

草介は千歳を軽く見やってからいった。

「皆様はどのような言葉を寅之助さまにかけてくださいますか？　特に父上さまは」

寅之助の表情がいきなり強張った。膝に載せた拳がわずかだが震えている。

「頑張れと……」

ふむ、と草介は腕を組んだ。

「吃逆ごときで、皆様の期待にそえないことが悔しいです」

寅之助は面を伏せて心底、辛そうにいったが視線が落ち着かない。これはたぶん違うなぁと、草介は思いつつ、文机に手を伸ばして、薬袋を取った。

「とりあえず、これがお薬です」

昨夜、薬種所で処方した薬をふたりの前に置いた。千歳が草介に向けて指をつく。

「よしてください、千歳さま」

「いえ、こちらからお願いしたことですから」

千歳は真剣な眼差しを草介へ向ける。

「それでも困ります」

草介は千歳の手を上げさせ、あたふたといった。

「あの、では、御薬園の生薬を勝手に持ち出したわけですから、もしもこのことが発覚した際には、芥川さまへ千歳さまからおとりなしを……」

「はい。それはもとより承知の上です」

千歳が胸を張る。お願いしますと草介はほっとした顔で慇懃《いんぎん》に一礼した。

膝を進めた千歳が、薬袋を手に取った。

「これは……どのようなお薬なのですか?」

「はあ、丁香《ちょうこう》、生姜と、主になっているのは柿蔕《してい》です。これは柿蔕湯といって、昔から吃逆に効くといわれている煎じ薬なのです」

「してい、とう?」

ええと草介は頷いた。

「柿のへたを乾燥させたものです」

千歳と寅之助が顔を見合わせた。

「原因はさだかではありませんが、食べたり飲んだりしたものが通る管が強い刺激を受けると、身体の中が縮んでしまうことがあります。それで喉から妙な音が出るのが吃逆です。柿蔕は胃や腸を温めてその縮みを取り、気のめぐりをよくする生薬です。もちろんへただけでもよろしいのですが、生姜と丁香を加え、さらに全身を温め、胃に優しく作用するようにしてあります」

柿というのは、まことに素晴らしい樹で、幹は固く家具や道具になり、葉は茶にして卒中の予防などになり、柿渋《かきしぶ》もうちわ、傘に塗って紙を強くし、実は酒を呑みすぎたときに食べるとよろしい、と草介はひと息に話した。

「なにより柿は、嘉《よい》が来ると当てて、嘉来《かき》とも記される縁起ものなのです」

草介が顎を引いて深く頷くと、千歳も寅之助もそれに釣られたように首肯した。

「試合まであとわずかです。これを一日三回、煎じて飲んでいただければ、大丈夫でしょう」

千歳の眼が輝いた。

「寅之助、よかったですね。これで今度の試合には安心して臨めます。父上さまも認めてくださいますよ」

寅之助の背を幾度も叩く。寅之助は千歳に向かってぎこちなく白い歯を見せて笑った。

ああ、と草介は思わず寅之助を指さした。

「昌平橋の団子屋！」

寅之助がぎょっとしたように草介を見て、やはり小さく声を上げた。なんのことかわからない千歳が不思議そうに首を傾《かし》げる。

草介は千歳に昼間の出来事を話した。千歳の顔がみるみる変わっていく。

「だから強いのです、寅之助は。どうしてもっと自信を持てぬのか。わたくしは悔しい」

我がことのように激しくいい放ち、寅之助に向かって、叱咤《しった》やら激励やらをまとめていい始めた。

そんな千歳の話を聞き流しながら、草介はぼうっと考えていた。

あの若侍が寅之助だったのだ。まことに強いのだ。背丈もあるし、並みの少年たちなど太刀打ちできるわけがない。大人相手にまったくひるむこともなかったのだから……草介は唸った。

寅之助はいちいち千歳の言葉に頷き、返事をしている。まったく素直で優しい少年だ。

御薬園の門まで千歳が送るというのを止めて、草介は寅之助とふたりきりになった。

御薬園の中央を走る仕切り道を提灯で照らしながら行く。御薬園東側の敷地内に建つ小石川養生所を過ぎたあたりで、

「あの……水上さま。この薬は吃逆をまことに止めるのですよね」

寅之助が不安げに訊ねてきた。草介はおやっと首を傾げた。吃逆を止めたいが止めたくない、その両方が混ざったような物言いだ。

草介はもう一度、先ほどと同じことを訊いた。忠右衛門にどのような言葉をかけられているか、だ。寅之助は一瞬、躊躇《ちゅうちょ》したが、常に父は……とぼそりぼそり話し出した。

「身体が大きいことを利と考えろ。叩きのめして構わない。骨の一本や二本、お前なら簡単に折ってやれるぞ、と」

寅之助は怖かったといった。もし自分が本気で挑めば、怪我を負わせてしまうかもしれない。相手が七転八倒する姿を想像したとき、吃逆が出始めたのだと、顔を俯かせた。

そういえば千歳も寅之助と組太刀をすると怖いくらいだといっていた。

寅之助は自分でもその実力を知っている。大人相手なら遠慮会釈なく打ち込んでいけるのだ。団子屋に放ったあの一撃からもわかる。だが、同じ歳や身体の小さな年少の者たち相手では、寅之助は萎縮してしまう。わざと負けることもできない。それが吃逆となって表れてきたということか。

寅之助は気が弱いのではない。自分の強さにおののき、相手を傷つけてしまうと、思い込んでいる。そのうえ、自分のために懸命になって薬を用意してくれた千歳にも申し訳ないと思っているのだろう。

「止まります。でもいい忘れましたが……」

草介は口元に笑みを浮かべた。

四

太鼓の音とともに、親善試合が始まった。

立派な塗り駕籠《かご》が共成館に入って来る。

草介は、その駕籠にすたすたと近づく。家士が「誰か」と草介を厳しく咎《とが》めたが、構わずに駕籠の前に膝を突き、いった。

「小石川御薬園同心、水上草介と申します。失礼ながら寅之助さまの病のことで、一言申し上げたき儀がございまして」

すっと駕籠が開き、寅之助の父、有坂忠右衛門が顔を出した。


道場は活気に満ちていた。勝敗はいまのところ、青龍館がひとつ多く勝ちを収めている。

「共成館、有坂寅之助」

名を呼ばれた寅之助は静かに立ち上がると、中央に進み出た。

寅之助は相手と対峙した。正眼《せいがん》に構えた寅之助にまったくぶれはない。相手をしかと睨みつけながらも、間合いをはかる。背丈のある寅之助がさらに大きく見える。

相手のほうは、これまで負け続けていた寅之助を侮《あなど》ってかかっていたようだ。その動揺が竹刀の先に表れている。刃物といえば、植木ばさみしか振るえぬ草介の眼から見ても実力の差があきらかだ。

相手が恐れて、一歩後退する。

寅之助は静かに間合いを詰める。

鋭いかけ声とともに上段に振りかぶった相手の胴ががら空きになった。

ぱん。

軽やかな音が道場内に響く。寅之助は鮮やかに相手の胴を打ち抜いた。

わっと歓声が上がる。寅之助がほっとしたように大きく息を吐いた。

千歳はあまりの嬉しさに目尻を拭っている。

忠右衛門は黙って立ち上がると、草介に会釈をして、道場を後にした。

寅之助は頬を上気させ、次の試合を食い入るように見つめている。隣に座る少年が何事かささやき、寅之助ははにかむように口元を曲げた。

共成館を出た草介は、神田川沿いを行く。どうやら忠右衛門さまはうまくいってくれたようだ。川面を埋めている荷船や猪牙舟《ちょきぶね》を見ながら、草介の足取りは軽かった。

その夜、千歳が同心長屋の戸を叩いた。

「草介どの。なぜ先に帰ってしまわれたのですか？　寅之助も礼をいいたかったと申していたのですよ」

さっさと座敷に上がると、険のある物言いをした。

「でも柿のへたがあのように効くものだとは思いもしませんでした」

千歳は嬉しそうに眼を細めた。

草介は、千歳を真っ直ぐに見つめた。

「あれは寅之助さまの実力です。柿蔕湯はお飲みになっていないと思います」

「ですが吃逆は出ませんでしたよ」

千歳が黒々とした瞳をしばたたく。

草介はぽりぽりと額を掻いた。

「もともと、吃逆は気のせいですから」

「でもまことにひどかったのですよ」

「人間、面倒だなぁ嫌だなぁということがあると、お腹や頭が本当に痛くなったりしませんか。寅之助さまはそういう思い込みが特に強いお方なのです。試合で相手に怪我を負わせたらと思い、怖かったようです。ですから吃逆より、その思い込みを取ってあげればよかったのです」

父の忠右衛門には経緯を説明した上で、この試合が終わったら、道場で大人相手に稽古ができるようにしてもらうと、寅之助へ伝えてくれと頼んだのだ。忠右衛門も、なるほどそういうことだったかと、納得してくれた。

「今日の寅之助はすごく力が抜けて、晴れ晴れとした表情でしたが、たったそれだけで」

「はい。父上さまが、自分の悩みをわかってくれたと、安心したのでしょう」

「気が弱いのではなく、あがり性でもなく」

「素直で、お優しいのです」

千歳はまぁと小さく声を上げた。

「逆に柿蔕湯に頼ってはいけないと思いましたので、柿蔕には申し訳なかったのですが、渋くて、苦くてとても飲めるようなものじゃない、しかもへたは下手に通じるので、武芸や芸事に精進する方は本来は絶対に口にしないと御薬園の帰り道にそう告げました。それもすっかり信じ込んでおられましたよ。そういう処はまだまだ子どもらしい」

「あの……それはすべて」

「嘘です。私は柿は嘉来だと申し上げたではありませんか」

千歳があんぐりと口を開けたとき、ひくっと喉の奥が鳴った。千歳が頬を赤らめて俯くと、また、ひくっと鳴って、肩まで揺らした。

「柿蔕湯を煎じましょう。おいしいですよ」

草介は笑いを噛み殺しながら立ち上がった。

何首烏
カシュウ

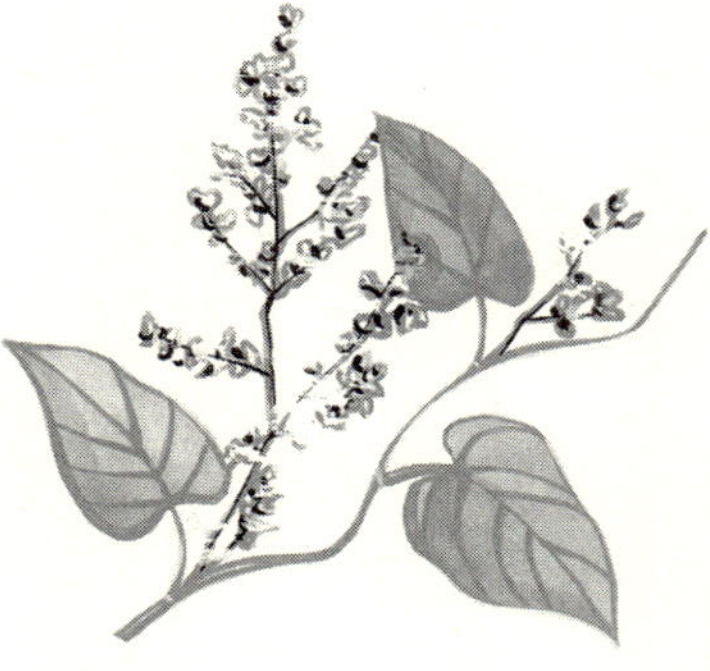

一

数日、晴天が続いたせいか、小石川《こいしかわ》にある幕府御薬園《おやくえん》の草花の生育も順調だった。

周囲を見渡せば、枝を垂らしたレンギョウの可憐な黄色花、淡い紅紫色のアケビの花弁、額《がく》あじさいに似た甘茶の花の蕾《つぼみ》も見える。この時期の御薬園の華やかさは格別だ。御薬園同心の水上草介《みなかみそうすけ》は春の花々に囲まれ、ゆったりと心を和ませていた。

「水草さまぁ」

午後の穏やかなときを裂くようなだみ声が突然、響いた。園丁頭が青い顔をしてすっ飛んで来る。

「木の剪定《せんてい》をしていた若《わけ》ぇのがはしごから落ちました」

「あああ、それは大変だ。養生所へすぐに運んでください。そうだ、戸板だ、戸板」

あわてる草介に園丁頭がいった。

「それが……折よく養生所のお医者がいらして、もう運んでる最中で」

「え？」

「名はええと、なんていったかな……ああ、河島仙寿《かわしませんじゅ》って名乗っておりやしたよ」

河島と聞いて、草介は首肯した。三月《みつき》前、新しく養生所へ来た蘭方医《らんぽうい》だ。

「でもなぜ、養生所の先生が御薬園にいたのだろうなぁ」

草介が首を傾げると、園丁頭が苛々とした声をあげた。

「んなことは、いまはどうでもいいでやすよ。さ、急いでくださいましよ」

うむ、と頷いて草介はすぐさま養生所へと駆けつけた。

養生所の玄関を入ってすぐ右の診療部屋に運ばれた若い園丁は顔中にあぶら汗を浮かせ、呻き声を洩らしていた。

青海波《せいがいは》文様の手拭いを頭に巻いた若い医者が園丁の脈を取っている。たぶん、この医者が河島仙寿だろうと思われた。すっと尖った鼻が目立つ横顔をしている。

「あのう、御薬園同心の水上草介と申します。その者の具合はいかがでしょうか」

「幸い、頭は打っておりません」

河島は草介を見ることなくいった。

「急な差込《さしこ》みに襲われ、はしごから足を滑らせたのです。二日ほど前にも、腹が痛むといっていましたが。胃の腑か腸か……」

「……はあ」

園丁と河島はすでに顔見知りだったのだろうかと草介は驚いた。この園丁はここ数日、南側の樹林で仕事をしていた。後で園丁頭にでも訊ねてみるかと、考えていると、園丁が顔を歪めた。あまりに辛そうなその表情につられ、ついつい草介も眉間に皺を寄せた。

「腹巻か……これをまず取らねば」

そこへ中年の本道医が見習い医者を連れて入って来た。養生所でも古参の医者だ。草介に眼を向け、頭を下げると、園丁に近づいた。

「御薬園から運ばれて来たのはその者ですか。では私が代わりましょう」

「もう私が診ておりますので」

「いや、河島先生は外科。本道はわれわれ漢方医が扱っておるのですから」

「この者ははしごから落下したのです。外科の私が診てもいいはずですが」

なにやら互いにとげとげしい物言いだ。さすがに人より一拍、反応の遅い草介でも雲行きが怪しそうなことに気づいた。

「そこの見習いの方。腹に巻かれたさらしをはさみで切ってください」

見習いは、おろおろと中年の本道医の顔色を窺いながらもはさみを取り、さらしを切り始めた。

「河島どの。養生所では漢方医が本道、蘭方医が外科と、お上でもそのように決められているのですぞ」

　はっと河島が呆れたように息を吐いた。

「問診でもしてみますか？」

「……人の身体にはその者だけの質がある。それを知るのは必要なことだ」

「馬鹿馬鹿しい。人の臓腑はみな同じです」

　声が次第に激しさを増す。

　草介はいたたまれなくなり、ふたりへ声をかけようとしたときだ。園丁が突然、身体を丸めて苦痛の声を上げ、多量の吐瀉物《としゃぶつ》を撒《ま》き散らした。

「あわわ」

　見習い本道医は青ざめながら、壁にへばりつく。河島は、舌打ちをして半端に切られたままのさらしを剝《は》ぎ取ると、園丁の下腹に手をあて慎重に探るように触れる。

「疝痛《せんつう》発作だな。それと急な嘔吐。腹がむくむく動いているのがわかりますか」

　草介は覗き込んで眼をしばたたいた。河島のいうとおり腹の中でなにかがうごめいているように見えた。やはりそれを確認した本道医が、

「これは……腸が塞《ふさ》がっているようです」

　草介に向かっていった。

「そ、それは、治るのですか」

「すぐに薬を用意いたしましょう。腸の動きを鎮めねばなりません」

「馬鹿な。もたもた煎じ薬など待てるか」

「なんですと」

「ではいますぐ治療法がいえますか。かび臭い本草書で調べていては間に合いません」

本道医の顔がカッと赤くなる。剃髪《ていはつ》の頭まで真っ赤に染まったようにも見えた。

「いえぬなら、黙っていてください」

諍《いさか》う声が聞こえたのか、診療部屋の前に入所中の病人やら、他の医者たちが野次馬よろしく集まって来た。

河島は、ふんと鼻を鳴らすと、ようすを窺っていた他の医師に向けて怒鳴った。

「ありったけの蘭引《ランビキ》で蒸留水を作り、それに塩を少しだけ混ぜた薄い塩水を作りなさい。手の空いている方はこの者を横臥《おうが》させて暴れないよう押さえる。そこの同心さんもだ」

「は、はい」

河島のてきぱきとした指示に、皆が面食らいながらも、動き始める。中にはあからさまに不快な顔をしている本道医もいた。

「腹の中の物を吐き出させます」

河島が園丁の喉に己の指を押し込んだ。とたん、苦痛に顔を歪めた園丁が再び、激しく嘔吐する。臭気が部屋を満たした。

「早く背を叩いて。喉を詰まらせたら、今度は息ができなくなる」

それを三度ほども繰り返しただろうか。園丁の顔はもはや蠟《ろう》のごとく白くなり、眼つきは朦朧《もうろう》として、息も弱々しい。

河島は人さし指を下の歯に、親指を上の歯にあて、ぐいと捻って園丁の口をこじ開け、口腔を覗き込んだ。そして腹に触れ、耳をあてた。

「腹の張りも小さくなっています。腸の音も静まりました。あとは頭をそらすようにして、横向きに寝かせておいてください。このほうが息もしやすい」

見習い本道医に向かっていった。

「河島先生。かたじけのうございました」

草介がそっと声をかけた。河島が振り向く。

「もう心配はないでしょう。腹に詰まっていたものはあらかた出しました。落ち着いたら、薄い塩水を飲ませます。静かに寝ておれば五日もしないうちに元気になります」

「塩水を飲ませて大丈夫なのですか」

「ごく薄い塩水です。多少、塩気のあるほうが吸収もよい。ま、西洋の医学書では急場に海水を薄めて使う方法もあるほどですから」

すまぬが、とひとりの本道医がいった。

「そのようなことをしては、また戻すか、今度は下痢腹になってしまうのでは」

「体内のものを皆、吐き出したのです。水を補ってやらなければいけない」

身体の仕組みもよくわからないのかと、河島は頭を振った。その態度にはありありと侮蔑《ぶべつ》の色が見えている。

本道医と見習いたちは皆、いちように表情を強張らせていたが、

「ではあとは少し身体を温めてから、薬の処方をいたします」

河島へいうと、

「この治療で大丈夫だといったはずです。よけいなことはなさらないでいただきたい。患っていた腸を休ませればそれで十分です」

少し緩んだ手拭いをぎゅっと締めなおし、ぐるりと一瞥《いちべつ》して部屋を出ていった。

二

草介は御役屋敷の乾薬場の横に置かれている腰掛に座り、握り飯を頬張っていた。八ツ（午後二時）はとうに過ぎている。

養生所に五日間入所していた園丁はすっかり快復し、退所してからもすでに三日が経っていた。それでもまだ軟らかい物をわずかだけしか口にできないので、腹が減ってしかたがないとこぼしていた。

「草介どの、遅い昼餉《ひるげ》ですね」

稽古着姿の千歳《ちとせ》が、木刀を手に庭へ出て来た。

「ええ、薬草を干すのに手間取ってしまいまして」

「それはご苦労さまです」

草介の傍まで来ると、千歳はその小さな鼻を動かした。

「香ばしいかおりがいたしますね」

「ショウガ味噌を塗って焼いた握り飯です」

千歳が首を傾げた。

「味噌にみりんや出汁《だし》を加えて、ショウガのしぼり汁を練って作ったのです」

「まぁ、料理がお得意なのですか」

「料理なんてものじゃありませんよ。まだ朝と夕では寒暖の差があります。ショウガは身体を温めてくれるので外仕事のときに助かるんです。ああ、御薬園で採れたものを少々拝借いたしたので、ご内密にお願いします」

ショウガは、咳止めや、胃の腑、腸が弱ったときに用いられる生姜《しょうきょう》という生薬になる。

「それはよろしいですよ。我が家にも分けてくだされば」

けろりとした顔で千歳がいった。

草介が苦笑いすると、千歳は急に不快な表情を浮かべながら、口を開いた。

「先日、園丁の治療にあたった河島仙寿が、他の医者たちに対してずいぶんな口のききようだったらしいですね」

「千歳さまは、河島先生をご存じなのですか」

千歳はむっと口元を歪めた。

「養生所に来てすぐのころ、与力さまと一緒に父へ挨拶《あいさつ》にいらしたのです」

広大な御薬園は中央を貫く仕切り道で東西に分けられている。東を御薬園奉行の岡田家が、西を芥川家が管理しているが、仕切り道沿い、東側の御薬園内にある養生所は町奉行所の支配だった。町奉行所から派遣されている与力が事務などを取り仕切っているので、新たに入った河島を連れ、芥川家を訪れたのだろう。

「長崎にて蘭学と医術を学ばれたそうですが、とりわけそれを鼻にかけておられるごようすで」

「はあ、長崎とは、どのようなところなのでしょうね」

草介がぼうっと空を見上げると、千歳が咳払いをした。

「しかも話が進むたびに――」

千歳がいいさし、不意に言葉を呑み込んだ。

御役屋敷の門から背丈のある羽織姿の者が入ってくると千歳に向け、辞儀をした。

「千歳さま。今日はまたいちだんと颯爽としていらっしゃいますね」

「下手な世辞などいりませぬ。河島先生」

あっと草介は握り飯を口に含んだままで立ち上がり、あたふたと頭を下げた。

きちりと結い上げられた黒々とした総髪。引き締まった眉、大きな瞳にかかる長い睫毛。

養生所ではあまり気づかなかったが、やはりかなりの二枚目ぶりだった。

草介はちらりと千歳を窺った。唇を不自然なほど引き結んでいる。河島には、どうもいい印象を持っていないふうだ。

河島はうすら笑いを口角《こうかく》に浮かべながら、

「あらためまして、河島仙寿と申します」

草介に向かって軽く腰を折った。

「その節は園丁が大変、お世話になりました」

「処置が適切だったので、快復も早かったでしょう」

河島は自信たっぷりにいいながら、ところでと、千歳に眼を向けた。

「芥川さまはお変わりございませんか。こちらへご挨拶に伺って以来、お顔を拝見いたしておりませんので」

「はい。ご心配いただかずとも至極、元気にしております」

「それはようございました。そうそう私の長崎の友人がブドウ酒を贈ってくれましてね。今度、お持ちいたしますとお伝えください」

「そのようなお気遣いは無用にございます」

草介より二寸（約六センチメートル）ほど背丈のある河島が乾薬場に目をやり、皮肉な笑みを浮かべた。

「知っておられますか。漢方では煎じつめたら茶殻のごとく捨てられてしまう薬草も、蘭方ではさまざまな方法でさらに薬効を抽出することができるのですよ。ご公儀もいつまでも漢方だの本草だのに頼っていては治せる病も治せない。これからは蘭方医学、舎密《セイミ》（化学）の時代だというのに」

河島はくいと顎を上げ、草介を半眼に見つめる。

「せめて、この土地の半分でもいい。蘭方医や蘭学者のための施設を設けるべきでしょう。おっと、それでは御薬園同心の仕事が減ってしまいますか」

これは失敬と口角を上げる。

「そのことをわざわざ告げに来たのですか」

千歳がきつい口調で河島を質《ただ》した。

「まさか。園丁のようすを窺いに来たのですよ。その後、どうかと思いましてね」

「恐れいります。まだ外仕事はさせず、荒子《あらしこ》の手伝いをさせております」

荒子は御薬園で採れた生薬の精製をする役目の者たちだ。

「たぶん御役屋敷内の薬種所にいると思いますが、呼んで参りましょうか」

河島がふと表情を曇らせ、なにかをいいかけたが、すぐにいやいやと手を振った。

「それには及びません。変わりがないなら結構です。これから麴町《こうじまち》へ山くじらを食しに行こうと思っていますので」

千歳の顔が微妙に強張る。山くじらは、猪、鹿、馬、牛などの獣肉だ。

「西洋では獣の肉を食べるのは、日常のことですよ。西洋人の身体が我々より大きく立派なのは肉食のおかげなのです。男はもちろん女子も食べています。ま、漢方医の処方する、いかさま万能薬よりははるかに滋養となるうえ、美味です。剣術をなさる千歳さまにはぜひお勧めしたい。力がつきますよ」

「ご遠慮申し上げます」

千歳が切り捨てるかのようにいうと、河島は、それは残念と大仰に肩をすくめた。

「では千歳さま。水草《いぐさ》さま。失礼いたします」

河島仙寿は、小首を傾げ、艶やかな黒髪を指でそっと撫でつけるようにした。そして、白い歯をきらりと光らせながら立ち去って行った。千歳は睨むようにその背を見送っていたが、いきなり草介に向き直り、

「どうして黙っていらしたのですか？　河島仙寿はあきらかに草介どのと漢方を、腐《くさ》し

ているのですよ」

早口でまくし立てた。眉があきらかに吊りあがっている。

「ははは、なんとも饒舌《じょうぜつ》な方ですねぇ」

「それだけですか？　それに河島は水草さまといったのですよ。草介どのの綽名もどこかで聞き込んだということです。それを帰り際にさりげなくいうあたりが嫌みです」

や、そういえばと、草介が一拍遅れて驚いた。たぶん、河島に世話になった園丁が教えたものだろう。

ああ、もどかしいと、千歳はぷりぷり怒っている。

「父の処へ訪れたときも万事、あの調子でした。二言目には西洋では蘭方ではと、己の知識をひけらかすような話し振りには閉口いたしました。自分だけが進んでいるのだといわんばかり。そのうえ初めて会ったわたくしに『おんてんばある』といったのです」

草介は首を捻った。

「阿蘭陀《オランダ》語で、お転婆の意だそうです」

「それは面白い。わが国の言葉と音が似ておりますねぇ」

「ちっとも面白くありませぬ。幼子ではあるまいし、無礼にもほどがあります。父まで河島と一緒になって笑ったのですよ」

ははぁ、千歳の態度が頑なだったのはそのせいかと、草介はようやく得心した。しかし千歳のいでたちを見れば、河島でなくてもそういいたくなる気持ちはわかる。それを口に出すか出さないかはその者次第だ。

「しかも、あの仕草。男のくせに、小首を傾げてあんなふうに髪を撫でつけるものですか。自分がいかにも男前だといいたげで、腹立たしい。頭も下げずに帰るとは」

いまにも木刀を振り回しそうな勢いの千歳から、草介は一歩、離れた。

「でも蘭方医学は日に日に進歩しておりますからね。それはよいことです。河島先生は決して偽りをいっているわけではありませんよ」

「ですが山くじらの店など、ぞっとしません」

「まぁ、獣肉も一種の薬食です。さる藩では牛肉を強壮薬として進物にしているほどですし」

とはいったものの、熱い鍋をつつき、獣の肉に舌鼓を打つ千歳の姿は想像したくなかった。

千歳は、もう結構ですと唇を突き出し、大股で歩き出した。

庭の隅で木刀を構えた千歳が甲高いかけ声をあげた瞬間、御役屋敷の屋根で、があーと、烏《からす》が鳴いた。

草介は、長々とため息を吐いた。

三

陽が暮れて、薬種所から仕事を終えた荒子と、河島に治療を受けた園丁が笑い声をあげながら表へと出て来たところにぶつかった。

草介が園丁を呼び止める。

「河島先生のことですか?」

園丁は、考え込むように腕を組んだ。

「歳も二十四で独り身。しかも背丈もあって、あの男前ですから、女病棟の入所者や下働きの女子の間じゃ、人気がありましてね」

「ふうん。でもあの物言いではなぁ」

草介が額をぽりぽり掻いた。千歳の顔が浮かぶ。

「女たちには、ああしたキツい感じがね、いいんだそうですよ。それに頭に巻いた手拭いが粋だって。髪が落ちては治療に差《さ》し障《さわ》るってね、養生所に着くと、きゅっと手拭いを巻きつけるんだそうです。その仕草もいいんだとか」

幾本持っているのか、毎日のように取り替えているのだそうだ。

「けど腕もたしかですよ。傷の手当なんざお手の物ってふうに、ささっと縫い合わせちまう。一家で医者だっていうからあたりまえなのかもしれません」

ほう、と草介がさも驚いたふうなのに気分をよくしたのか、園丁はさらに続けた。

聞けば、信州で代々医者を生業《なりわい》とする家の三男ということだ。祖父も父親も町医者からどこぞの藩医として召抱《めしかか》えられ、ふたりの兄も各々独立して開業している。河島自身は十三の歳に長崎へ赴き、蘭学、医術を修め、江戸に来てからも、草介も思わず頷く高名な蘭方医のもとで学んでいた。

「でもまぁ、本道の方とはどうも反りが合わねぇようでして、しょっちゅう廊下でいい争いをしておりましたよ。薬や治療のことで」

「しかし、おまえ。よくそこまでいろいろと」

へへっと園丁は鼻の下を指でこすった。

「痛みも翌日にはなくなってましたからね。それから三日間は塩水飲まされて、あとの二日は米のとぎ汁みてぇな粥《かゆ》食わされて寝かせられてたもんでね。暇つぶしに看病中間だの、見習いの先生と話をするしかねぇわけです」

「なるほどなぁ」

草介は感心しながら、頷いた。

「じゃ、おれはそろそろ」

踵を返そうとした園丁をさらに引き止めた。

「あのな、お前と河島先生は以前からの顔見知りなのか？　御薬園にいらしてたことがあると園丁頭から聞いたのだが」

「ええ、ときどき御薬園にいらしてましたよ。なんだったか、西洋の植物の名をいったなぁ。おれはまったく耳にしたことがなかったし、一緒に薬草畑も回りましたが、ないことが知れてがっかりしてましたけどね」

さっぱりわからない。御薬園では、約四百五十種ほどの植物が栽培されているが、もちろんわが国ではまだ栽培されていないものもある。

河島はなんのために西洋の薬草を探していたのだろう。養生所の中にそれを必要とする病人がいるのだろうか。

うーんと草介は唸って、考え込んだ。

「じゃあ、おれはこれで」

立ち去ろうとする園丁を三度《みたび》、引き止めた。さすがに若い園丁の顔がうんざりしたものになる。

「訊くならいっぺんに訊いてくださいよ。これから他の仲間と出掛けるんで」

「あああ、すまぬな。お前はもともと腹が丈夫なほうではなかったのかなと思ってな」

「へえ。ガキの時分からそうなんで。寒い時期には唐辛子を腹巻ん中へ入れたり、焼いた葱《ねぎ》を布にくるんで腹にあてたり……」

「それでさらしを巻いているのか」

草介は、ふんふんと頷いた。

「さらしはやめました。ここんとこは調子もいいんでね。しぶり腹もねぇし、へんに張るような感じもなくなりました。これも蘭方のおかげですかね。本道医の先生じゃ、まだ薬湯飲まされて寝込んでいたかもしれねぇ。なので、そろそろ外仕事もしてぇんですがね。種蒔きもあるし、雑草だって刈り取らなきゃ」

「そうしてくれれば助かる。ああ、そうだ。今度、私の作ったショウガ味噌を分けよう。身体が温まるからな」

「そいつはありがとう存じます」

ぺこりと頭を下げた園丁は、上目にちろりと草介を窺った。

「ああ、もう引き止めぬよ」

草介がいうと園丁は足早に去って行った。


翌日、春の真っ只中であるにもかかわらず朝から冷え込んでいた。鮮やかに咲いている花々も急な寒さに色あせたように見える。

草介は同心長屋を出て、仕切り道沿いの薬草畑に向かっていた。

「水草さまぁ」

園丁頭が前方から青い顔ですっ飛んで来る。

少し前にも、こんな光景を見たような気がすると思いつつ、「どうした」と、園丁頭へ向かって叫んだ。

「あいつが、また腹を抱えて苦しんでおりやす」

「それは大変だ。河島先生の処へ……」

「もう、運んでまさ」

やはり同じだと、草介はぼんやり考えながら走り出した。

園丁は診療部屋で呻いていた。以前ほどではないにしろ、それでも相当苦しそうだ。赤地に梅の花を白く抜いた手拭いを巻いた河島があわてて部屋に入って来た。顔は蒼白だ。苦しむ園丁を眼の前にして呆然としているかに見えた。

中年の本道医が腹を探っている。

「どうやら、また腸が詰まっておるようです」

「……腸は治っているはずだぞ」

河島が呟くようにいった。

本道医は首を振り、園丁の腹を指で少しずつ押していく。触れられるたびに園丁はうっと声を洩らす。

「腫れや出来物はないが、腸が激しく動いております」

「そんなはずは……私は」

するると園丁が顔をしかめつつ、口を開いた。

「先生方、申し訳ございやせん……ゆうべ、我慢できずに」

「なにか食したのか」

「米とか玉子とか魚とか、ごくごく普通の飯です。あと酒が二合と。御薬園の仲間内で快気祝いだって……調子に乗って……腹いっぱい。あた、あたた。先生、なんとかしてくだせえ。腹ん中でなにかが暴れてるみてぇだ」

急に物を詰め込んだうえに、今日はことさら寒い。腹が冷えて、また張ってしまったのだ。河島が眼を剝いて、怒鳴った。

「この馬鹿。腸が落ち着くまで、十日は物を食うなといったろう」

「そいつは酷だよ、先生。食わなきゃ腹より、おれが先にくたばっちまうよ」

園丁が青い顔で力なくいった。

「この者が悪いのではありません。こうした身体の質の者もおります。少しのことで幾度も同じ病を繰り返す。ただそのときだけの治療ではいかぬこともあるのです」

本道医が河島へ向けて厳しい口調でいった。

と、痛みとともに吐き気に襲われたのか、園丁が口元を押さえた。

「そのまま吐き出せ。他の方はまた塩水の用意をしてください」

叫んだ河島は園丁の口をこじ開けて、指を差し入れた。それがあまりに奥を突いたのか、園丁がもがきながら、河島の頭を摑《つか》んだ。

はらりと、梅花が散るかのように河島の手拭いが落ちた。部屋の中にいた者たちが、いっせいに息を吞む。

河島の頭頂部には毛がなかった。

さんさんと陽が降り注ぐ御役屋敷の広縁に現れた千歳が、

「河島が禿頭《とくとう》だったと聞きました」

いきなりいうや膝を揃えてかしこまった。

「いや、正確には円形の抜け毛です」

草介は乾薬場を出ながら、頭頂部に二寸ほどの輪を描くと、なにを想像したのか千歳が頰をぴくぴく震わせた。

河島はあの一件以来、すっかり消沈しているという噂だった。粋といわれていた手拭いも単なる禿《は》げ隠しだったと養生所の女たちからは陰口を叩かれ、養生所以外では地肌に炭の粉をすり込んで誤魔化していたという話も出てきた。

居丈高な物言いも、実のところは小心者の見栄っ張りだったのだろうと、さんざんないわれようだ。

長崎帰りの蘭方医で二枚目という頑強な砦《とりで》は、二寸の禿げによってもろくも崩れてしまったのだ。

御薬園をたびたび訪れていたのも、髪によいという薬草を探していたのだろう。

本道医の施療にもほとんど口を出さなくなり、ただもくもくと外科治療に専念している。本道医たちはほっとしているようだが、反面、物足りなさも感じているらしい。

園丁は河島の治療を受けて全快したが、いまは、冷え症を改善し、胃腸を丈夫にするための煎じ薬を処方されている。まさに蘭方と漢方の合わせ技である。それはよいことだと草介も安堵していた。

「まぁ、歳を取れば髪も寂しくもなりますが、河島先生はお若い。やはりどこか身体に不調があるのでしょう」

酒や煙草《たばこ》、寝不足などの不摂生、肉食なども毛髪にはよくないのだと告げた。

「山くじらなぞ食するからでしょう。よい気味です。きちんと頭を下げないのも禿頭と気づかれないためだったのですね。医者なのですから、いっそ剃髪なさればよい」

千歳は勝ち誇ったようにいい放ったものの、ふと、眼を伏せて小さな声でいった。

「でも……病ならばきっと良くなりますよね」

「さて、どうでしょうねぇ」

草介がのんびりとした声を上げると、御役屋敷の屋根で烏が鳴いた。

四

夕暮れどき、草介は長屋の裏庭で粥を炊いていた。もう一刻（二時間）近く経つだろうか。蓋を取ると湯気が立ち上り、鍋の中でくつくつ米が躍っている。ほどよい香りに、草介の腹の虫が鳴いた。さて、そろそろだろうと、尻はしょりを解いた。

訪いを入れる声がして、草介は玄関へ向かう。肩を落とした河島がどんよりとした表情で立っている。噂通りの落ち込みようだ。

「本日はお招きをいただきまして……」

「よくおいでくださいました。先生には二度も園丁がお世話になりましたから、そのお礼をと思いましてね」

礼などと、河島が苦笑を草介に向ける。

「ま、どうぞどうぞ、むさ苦しいですが」

草介は土鍋を座敷に運び入れ、蓋を取った。河島が訝しげに眉を寄せる。

草介は玉子を溶き、鍋に回しいれると、再び蓋を閉じた。河島の顔にはまだ不安が貼り付いたままだ。

「これはまあ、薬食というにはお粗末ですが、何首烏《カシュウ》という生薬と米を炊いた粥です」

「……たしか何首烏はツルドクダミの塊根《かいこん》だと記憶しておりますが」

河島がいった。

「ドクダミと名に付いていても、種は違います。もともとは清国の植物で、この塊根を食べた何《カ》という人物の髪は歳を取ってもふさふさで烏のように黒かったという伝説が名の由来になっています。御役屋敷の屋根にいた烏を見て思い出したんです」

草介は再び、蓋を取る。ほわりと上がった白い湯気に、河島の緊張が一瞬、解けた。

草介はほどよく固まった玉子に刻んだ菜を散らし、木杓《きさく》で器によそう。

「何首烏には味がほとんどないので、普通の粥を食べるのと大差ないですよ」

草介はにこりと笑って差し出した。飯椀を受け取り、じっと粥を覗き込んでいた河島が、静かに口を開いた。

「……私の家は代々漢方医でしてね。私が蘭学を修めることに猛反対しておりました。それを押し切って、長崎へ出たのです」

草介は自分の飯椀にも注ぎ入れる。

「私はいささか焦っていたのかもしれません。蘭方医術を認めさせ、江戸で名をはせ、国許《くにもと》の父や兄たちの鼻を明かしてやるのだと。そんなつまらぬことに必死になり、それが虚勢となって、傲慢《ごうまん》な態度を取り続け、漢方など、本草など古臭い。新しいものがなにより勝るのだと……短慮でございました」

河島が紺地の手拭いを巻いた頭を垂れる。

「あの園丁の言葉に気づかされました。私は患った部分を治せばそれでいいと考え、病人の身体そのものを気遣わなかった。人は食べねば死んでしまいますよ」

医師として本来、持つべき心を失っていたのでしょう、と呟き、抜け毛が始まったのはふた月ほど前からだといった。

「髪は臓腑のように、病の根がわからない。きっと己の頭を冷やせという意味だったのかもしれません」

自らを貶《おとし》める冗談をいって弱く笑った。

「そのようなことはありません。きっとご無理をなさっていたのでしょう。私も本草や漢方は古いと思いますよ。でも長い年月をかけていまがあり、いまも試行を繰り返して、未来《さき》につなげようとしております。たしかに蘭方医学の勢いとは、比べものにはなりませんし、進んだ知識には、新鮮で驚かされます。私に医学はわかりませんが、ともに人のためのものであるとは思っています。ならば漢方も蘭方も、これでよいという終点はないはずですからね。私たちが薬草を栽培するのも同じ思いです」

河島の顔がわずかに歪む。

「ま、漢方では、腎が髪に影響するそうです。腎は心に屈託を抱えていると、てきめんに弱るのだそうですよ。この何首烏は腎の働きにも作用する生薬です」

河島がはっとして身を乗り出して来た。

「では、これを食っていれば髪が生えるのですね。どのくらい食せばよいのでしょうか」

「うーん、それはわかりません」

草介はぽりぽりと額を掻く。

「早急に為そうとすれば、無理もしますし、苛立ちもつのります。急ぎ足ばかりでは息も切れる。その点、草木は正直ですよ。土と水とお陽様が、ほどよくなければ花を咲かせてくれません。なにごとも過ぎてはいけないし、足りないのもいけない。ゆっくり、ゆったり、いい塩梅《あんばい》ってことですね」

河島が一口、粥を啜《すす》る。ほっと息を吐き、

「おいしいですね」

呟くようにいった。

二輪草
にりんそう

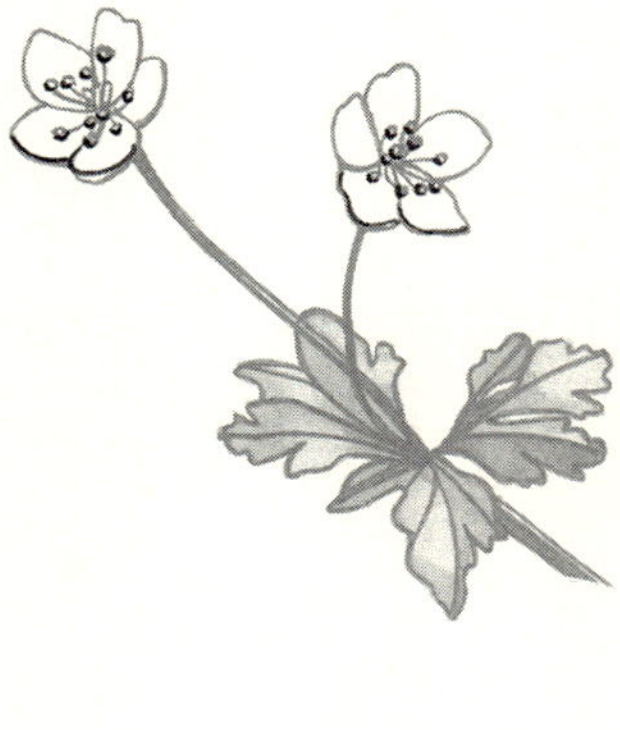

一

小石川御薬園《こいしかわおやくえん》同心の水上草介《みなかみそうすけ》は、千歳《ちとせ》とともに南側の樹林を巡っていた。

葉がこんもりと茂るマンサクの木。滑らかで美しい雲紋を幹に描くカリン。暖かな陽射しの恵みを受け、皆、青々と、艶やかな葉を気持ちよさげに伸ばしている。

まだ若い葉の香りを楽しみながら、草介は一本一本、木々を仰ぎ、幹に触れながらゆっくりと歩く。樹木は焦らず、急がず緩やかに生長し、年輪を重ねる。御薬園同心として四度目の春を迎えた草介だが、自分はいかほど成長できたのかと思う。

千歳が木漏れ陽に眼を細め、

「これはコブシですね」

自信たっぷりに白い蕾のついた樹木を見上げた。

千歳は御薬園預かり芥川小野寺《あくたがわおのじ》の娘で、若衆髷に袴をつけ、神田の金沢町にある剣術道場へ通う勇ましい十八歳だ。

今朝方、畑に出ようとしていた草介を呼び止めた千歳は、御薬園の案内をしてほしいといってきた。

訊ねると、父の小野寺が所用で御役屋敷をしばらく留守にしているため、代わりに視察をしたいという。それで同道することになったのだ。

「ああ、これはハクモクレンです。間違えやすいですが」

草介が応えた。

「木の高さが違います。ハクモクレンのほうが低いんです。コブシは花がやや小振りで、向きが一定していませんが、ハクモクレンは上に向かって花びらを広げます。それにコブシの花元には葉が一枚生えているんですよ。それでも見分けがつけられます」

「そうなのですか」

「ええ、花が咲いたらまた見にきましょう」

「それはよいことを聞きました。さっそく平太《へいた》にも教えてやらねば」

なにやら千歳がほくそ笑んでいる。

「平太、とはどなたですか」

「七日ほど前に、養生所に入所した近藤左門《こんどうさもん》という浪人のお子です。杖をついた父上を支えながら仕切り道を散歩しているのを見かけたことはありませぬか」

草介はぼうっと空を見上げた。

「その父子《おやこ》でしたら二度ほど見たことがあります」

たしか父親は子の肩に手を載せ、子は父の腰を抱くようにして歩いていた。

「じつはわたくしの通う道場に知人を訪ねて来られたのですが、その方はとうに国許に帰られていたのです。ところが、その帰りに門前で油屋の荷車に轢《ひ》かれてしまいまして」

「はあ、それは気の毒な。それで杖を」

「いいえ、杖は持病の疼痛《とうつう》のためなのですが、よろけて足先を車輪に」

「あああ、それはたまりませんねぇ」

草介はあからさまに顔をしかめた。

幸い骨に異常はなかったものの、房州《ぼうしゅう》から江戸へ出てきた父子で、宿屋も引き払ったばかり。帰路の路銀も頼りないということから、足の腫れが引くまで道場で面倒を見ていたのだという。

「ところが、近藤どのの患っていた疼痛がひどくなりまして……わたくしが養生所への入所を世話したのです」

ふむふむと草介は頷いた。なにかがあると見過ごせないのが千歳の性分ではある。

子の平太は、礼儀正しい物静かな子で、怪我をした父親の傍を離れず懸命に看病し、また父も子に、感謝の言葉を忘れずかける。

互いを思いやるその父子の姿に胸を打たれたと、千歳は瞳を潤ませた。

父子が江戸へ出てきたのは、平太を絵師の内弟子にするためだ。知り合いからさる絵師を紹介されたのだという。

「まだ十だというのにまことに達者な絵を描くのです」

「ほう」

「わたくしは平太が描いた風景、草花や鳥などを見せてもらったのですが、その景色も、花々や鳥の名もまったくわからず……平太に哀しい思いをさせてしまいました」

千歳が口元を強く結んで俯く。視察などと構えていたが、じつのところは、自分自身が少しでも草花の名を学びたかったのだろう。草介は千歳に気づかれないよう微笑んだ。

「ただ絵師から内弟子になるならと、十両の金子《きんす》を求められ、あきらめたとか。まったく業突張《ごうつくば》りの者がいると呆れました」

千歳は眉間に皺を寄せた。涙ぐんだり、怒ったり、どうにも忙しい。

樹林を抜けると、それまで枝葉に遮られていた陽に照らされ、草介はまぶしげに眼をしばたたいた。

薬草畑で立ち止まった草介は腰を屈め、千歳を振り向く。

「千歳さま、この葉に触れてみてください」

怪訝《けげん》な顔つきで千歳は、恐る恐る指を伸ばした。

あら、と千歳が眼を見開いた。

「胸がすっとするようないい香りがします」

「これはカミツレです。カミツレは風邪の引き始めや、胃の腑の荒れなどに用いますが、お茶として喫してもよいのですよ。心が穏やかになります」

草介も香りを楽しんでいると、

「心穏やかでないのはわたくしのせいですか」

千歳が横目で睨んできた。

「そ、そのようなことはありません。あは、あはは——」

草介のから笑いが虚しく響く。

「草介どのと歩いていると、なかなか先に進めませんね」

「はあ、失礼いたしました」

さくさく歩き始めた千歳の後を草介も追いかけようとしたとき、なにげなく薬草畑の奥を見て眼を見開いた。その一角だけは縄を張り巡らせ、他の薬草とは区別されていた。

「あ、あわわ……」

間の抜けた声を洩らし、草介は畑の中に足を踏み入れた。

「草介どの、どうなさったのですか」

鮮やかな緑の草を分け入り、その場に草介は立ちすくんだ。一箇所だけ不自然に土が盛り上がっている。あきらかに人の手によって草を引き抜いた跡だ。しかもまだ新しい。昨夜、いや今朝早くといったふうだ。

眼前が一瞬、暗くなり目眩《めまい》を起こしそうになったが、倒れている場合ではない。

「なにがあったのです？」

「皆を、いますぐ集めないと――」

「皆を？　どうしたというのです」

まるで水路に揺れるのんきな水草のようだと綽名されている草介の尋常でないうろたえぶりに千歳も気づいたようだ。

「それが、その」

草介はしどろもどろになりながら、縄をまたごうとしたとき、右手の甲に強い痛みを感じた。メギの棘だ。淡い黄色の小花は可憐だが、葉の付け根には鋭い棘を有している。その痛みのおかげで我に返った草介は、腰を屈めあたりを丹念に見渡した。

「これは……いや、そんな」

ぶつぶつ呟いている草介へ向かって、

「はっきりなさいませ」

千歳が、一喝した。

弾かれるように身を起こした草介は、

「申し訳ございません、千歳さま。なんでもありません。メギの棘に触れてしまっただけです」

思わずそう口にした。

「なにを誤魔化そうとなさっているのです」

千歳も薬草畑に入って来る。

「草介どの。この部分の土が荒らされているではありませんか。獣ですか」

「獣の足跡は、ありません……」

獣とてこの植物には近づかない。

「ここにはなにが植えられていたのです？」

千歳が、ぐるりと張られた縄の内側に差してある木札に気づき、顔を近づけた。滲《にじ》んだ文字を眼を凝らして読み上げる。

「と、り……かぶ、と。トリカブト！」

千歳が絶句した。

二

トリカブトは毒草の中でも猛毒草だ。その毒を塗って矢を射れば、熊でも倒せる。人などイチコロだ。ただしトリカブトの塊根は附子《ぶし》と呼ばれる生薬として、心の臓の弱い者や鎮痛などに用いられている。まさに毒にも薬にもなるという植物だ。

「トリカブトは、まず熱湯にしばらく浸して、毒抜きをしてから乾燥させなければなりません。根に比べれば葉の毒は弱いですが、それでもそのまま使用すれば大変なことになります」

草介は千歳に求められるまま説明しながら、御役屋敷までの道を急いだ。

「ともかく芝の屋敷にいる父へ報せねばなりません。すぐに使いをだしましょう」

「ええと、芥川さまが芝へお帰りになられたのは、たしか」

「お忘れですか、父が出たのは三日前です」

「ああ、そうでした。お戻りはたしか」

「明後日です」

「……となると、芥川さまから採取のご指示はなかったと考えてよいですね」

草介は、うーんと唸った。

「トリカブトだけを盗んだということは、薬草について学んだ者でしょうか。知識があれば、そのまま用いる真似はしないと思うのですが」

「いえ、もしも知っていたなら、よけいにその使い途《みち》が恐ろしいです」

草介は背に怖気《おぞけ》を覚えた。

「父が不在のおりにこのような……もし御薬園にかかわる者の仕業だとしたら代々預かりを務める芥川家として、その娘としても恥。すぐに盗人《ぬすっと》を捜し出さねばなりませぬ」

千歳が力を込めた。千歳に知れれば、こうなることはわかっていた。草介は、はぁと口ごもる。

そんな草介を半ば呆れて睨んだ千歳だったが、ふと顔色を変えた。

「……あるいは……」

太く真っ直ぐ伸びた眉を千歳はきりりと引き締めた。

「養生所のことを耳にしておりますか？」

「なんでしょう」

「病を苦に自殺する者が出ています」

ああ、と草介は嘆息を洩らした。

養生所は医薬代が払えない貧しい者や、看護をする者が近くにいないなどの事情がある傷病者のために設けられた施療施設だ。

だが、入所を待つ傷病人が多いため手の施しようのない者はあるていど療養させると退所させることもあった。最期まで看取《みと》ってやれないのが現状なのだ。

そのため自ら死する者がこれまでにいないわけではなかった。

「たしか五日ほど前に東側の御薬園内で首を縊《くく》った者がいたのでしたね」

千歳が口元を引き結び、頷いた。

広大な小石川御薬園は敷地のほぼ中央を貫く仕切り道で、東西に分けられている。

養生所は仕切り道沿いの東側薬園内にあり、支配は町奉行所が行っている。

「胃の腑に岩（癌《がん》）があったのです。長屋に帰ったところで老妻だけ。かえって重荷になるだけだとこぼしていたそうです。同じように考える病人がいないとも限りません」

「はあ」

「たとえ余命がいくばくもないとしても、己で命を絶たねばならないほど嘆かわしいことはありません。ですが、それが御薬園内の者であることも否《いな》めませぬ。さあ、参りますよ」

千歳は背筋を伸ばし、大股で歩き出した。

御役屋敷の門を潜るなり、千歳は乾薬場で作業をしていた園丁頭を呼んだ。

園丁頭は、あわてて飛んで来ると、顔の汗をすばやく拭い、地面に額がつくかと思うほど、丁寧に腰を折った。

やはり千歳に呼ばれただけに、ずいぶん態度が違う。草介は憮然《ぶぜん》としつつ、事を告げた。園丁頭の真っ黒に陽焼けした顔からもみるみる血の気が失われていくのが見て取れた。

「園丁と荒子《あらしこ》らをすぐこちらに集めなさい。御薬園内で作業している者すべてです」

千歳が眦《まなじり》を決して命じた。

「へ、へい。承知いたしました」

「ああ、頭。ちょっと」

踵を返した園丁頭を草介は追った。

「なんです？　もたもたしてたら……」

「あまり騒ぎ立てると、かえって引き抜いた者を追い詰めてしまいやしないか、な」

草介は千歳を窺いながら、声を落としていった。

「なにをのんきなことを。トリカブトですぜ。一服盛ったら、コロッと逝っちまいます」

「まずはトリカブトを戻すことが先だ」

「……そりゃあ、そうでやすが」

じつはと草介は園丁頭に耳打ちをした。

「盗人が跡を残していったというんですかい？」

草介があわてて口元に人さし指をあてた。

「さすがに余所《よそ》から御薬園に入ったとは考えられぬ。土の具合からすると、抜いたのは今朝方だろうと思う」

「なんでそのことを千歳さまにおっしゃらねぇんです」

「事がはっきりするまでは黙っていたいのだ。それと頭に頼みたいことがある」

草介は再び、園丁頭の耳元でささやいた。

「わかりやした。すぐいたします」

「それで、朝、見回りに出ていた者は？」

「はあ、ふたりおります」

「まずはそのふたりを呼ぶとしよう。だがトリカブトのことは伏せておく」

「けど、水草さま。あの剣幕ですよ……」

園丁頭が困惑げに首を傾げつつ、ちらと視線を向ける。

腕組みをし、千歳が仁王立ちしている。

「なにをこそこそ話しているのです」

苛々とした声が草介の背に浴びせられた。

「千歳さま。少々お話があります」

　草介は声音を落とした。

「西側だけでも相当な広さがあります。かなり詳しくなければトリカブトを一株だけ抜くというのは容易ではありません」

「やはり御薬園内の者の仕業かもしれぬと草介どのは考えておられるのですか」

　千歳の表情が強張る。

「いやいや、そうはいっておりません」

「それでは、疑わねばならぬ者が広がります。養生所内の病人しかり。入所者の家族、出入りの商人もいるのですよ」

「ええ、ですから慎重に進めましょう。疑いの薄い者から順々に除外して……」

「そんなにのんびりとしているから水草などと綽名されるのですよ。トリカブトで死人が出たらなんとするのです」

　きーんと千歳の声が耳をつんざく。たしかに千歳のいう通りではある。

「ですが千歳さま、大騒ぎして盗んだ者が自棄《やけ》をおこさぬとも限りません。もう昼近いですが、幸い養生所からも、東側御薬園からも急を告げられてはいません。早朝からこれまでの間に御薬園の外へ出た者がいなければ、まだトリカブトはその者の手元にあるということです。いま一度、落ち着いてから、考えてはいかがかと」

「そうですよ、千歳さま」

園丁頭も声を揃えた。なにやら暴風の中で必死に堪える樹木のような気分になりながら説得を続けると、ただちに外出者の有無をたしかめることで、千歳はしぶしぶ承知した。

朝方、御薬園の見回りをしていたふたりの園丁たちは、御役屋敷の広縁から鋭い視線を投げかける千歳を前に緊張した面持ちでかしこまった。

園丁たちはいつも通り、明六ツ（午前六時）から四半刻（三十分）ほど薬草畑を見回ったが、なにも変わったことはなかったと応えた。

と、片方の園丁が口を開いた。

「お武家の父子と仕切り道ですれ違ったぐらいですかねぇ」

「養生所に入所している方です。散歩は朝と昼と夕の三度しているはずですよ」

千歳が応える。

「そういや、ついいましがたもお姿を見かけやした。お子は菜の花畑で熱心に絵を描いてましたね」

園丁は己を納得させるように幾度も頷いた。

草介が目配せをすると、園丁頭は御役屋敷をそっと抜け出した。

三

午後の陽射しを浴び、鮮やかに輝く菜の花畑で一心に少年が筆を走らせていた。

「なかなかの筆遣いですね」

振り向いた少年へ、草介は笑いかけた。

「ええと、近藤平太さんですね。私は御薬園同心の水上草介と申します」

「御薬園……同心……」

呟いた平太の眼が見開かれた。すぐに視線をそらし、帳面を閉じる。矢立《やたて》へ筆を収めようとしたが筆が手からすべり落ち、草の上に転がった。草介は腰を折って、筆を拾い上げる。

「か、かたじけのうございます」

平太は俯いたまま、筆を受け取る。

「ま、落ち着いてください。同心といってもここの草木を育てるお役目です。その菜の花も私たちが丹精込めて育てたのです」

平太が、ぽかんと口を開けて、草介を見上げる。

「横に座ってもよろしいですか」

平太はこくりと頷いた。

「芥川千歳さまをご存じでしょう？」

「はい。父ともども大変お世話になりました」

「お父上の病はいかがですか」

「皆さまよりご親切にしていただき、わずかずつよくなっているようですが」

たしかに礼儀正しい少年だった。同じ歳のころ、草花の採集にただ夢中で走り回っていた己の姿を思い出した。

「千歳さまと私は……」

いいかけて草介は、はたと考えた。上役である芥川の娘とたんなる同心の間柄ではある。が、草介は他に人気のないのをたしかめつつ、いった。

「……とても仲良しです」

平太は安心したのか、かすかに笑った。

いってしまってから、木刀を振る千歳の姿が浮かび、思わず背筋に悪寒《おかん》が走った。

「まあ、それはそれとして、絵を見せてはくださいませんか」

平太は胸に抱えていた帳面を不安げに差し出した。帳面は反古紙《ほごがみ》を幾枚も綴《と》じて作られたものだった。中を見た草介はあらためて驚いた。

「千歳さまがおっしゃっていた以上に、お上手だ。景色も美しいが、鳥も花も見事です」

平太が頬を染めて顔を伏せる。

「照れることはありません。この桜など、花容《かよう》をよく捉えておりますね。うんうん、この葉も素晴らしい。葉脈も正確に描かれています。岩崎灌園《いわさきかんえん》の『本草図譜《ほんぞうずふ》』はご覧になったことがありますか？」

書物屋で写本を、と平太が小さくいった。

「どうしたらあのように花々を真写《しんしゃ》できるものかと試みましたが、私には絵心がないと気づきましてね。いまは押し葉をしています」

平太が首を傾げた。

「押し花でなく押し葉です。御薬園の草花は皆、上さまのものですから、勝手はできませんので、落葉で作るのですけどね」

「……上さま」

平太が呟いた。

「ええ。ここの草花は上さまからお預かりしているのです。作られた生薬はお城や養生所へ納められています」

かちかちと妙な音がした。草介は平太の顔を何気なく見やる。平太の唇が小刻みに震えていた。歯が鳴っているのだ。

ふむと唸って、草介は帳面を閉じた。

「弟子入りは残念でしたね」

平太がかぶりを振る。

「――もうよいのです。あきらめております」

平太の眼にふと陰りが見えた。先ほどまで描いていた花に一瞬、怯《おび》えるような眼差しを落とした。草介は、あっと声を上げた。

「千歳さまがコブシとハクモクレンの違いを平太さんに教えるのだと張り切っていますよ」

「それは……ふたつをすでに描いたことがあるので、わかります」

「ああ、千歳さまががっかりされるなぁ」

「いえ、伺いたいと思います」

平太があわてて応えた。

年端もいかぬ童《わらべ》なら、そんなの知っていると鼻を膨らませるところだ。だが、千歳の気持ちを慮《おもんぱか》っているのだろう。

この妙に大人びたそつのない応対が草介には切なかった。ずっと抑え込んでいる感情が弾けてしまわねばよいがとさえ思った。

「ところで平太さんは、二輪草《にりんそう》を描いたことがありますか？　そろそろ花の時期ですが」

「あ……はい。二輪草は」

「やはりご存じでしたか。お父上の患っている疼痛に効くといわれていますよね。葉はおひたし、和《あ》え物、汁物などで食することができますしね」

「とても医者にはかかれませんから、父とともに野山で摘んでは食膳に添えています」

医学などという知識のない昔から、経験や暮らしを通じて人々が伝え、受け継いできた療法だ。そうした知恵を積み重ね、研鑽《けんさん》を続けたものがいまの医療にもつながっている。そう思うと、自然と人とのかかわりの深さを草介はあらためて感じさせられる。

「でもお父上もせっかく養生所にいるのです。早くに快復なさるとよいですね」

「父はもうあきらめております。かなり前から痛みで畑も耕せませんし、内職もできません。江戸へ出るのもやっとでした」

「親子仲良くあきらめましたか……。でもお父上はどうでしょうね。ご自身はどうでも、平太さんに絵を学ばせたいと思っているのではないでしょうか」

平太が唇をぎゅっと嚙み締めた。

「父として尊敬はしております。ですが、武士として……」

「わざと荷車に轢かれでもしましたか？」

平太の顔が真っ赤に膨れ上がる。

案の定だ。足先を轢かせ、荷車の持ち主である油屋に治療代を要求したのだろう。草介は心が痛んだ。当然、十両などという大金にはならなかったはずだ。

「小さい道場ではありましたが、父は師範代を務めておりました。でも二年前、母を亡くし、疼痛を患ってからは、気力も望みも失い……」

「きっと平太さんの望みが、お父上の望みでもあるのではないですか」

「私が江戸へ出たら、父ひとりでは暮らしてはいけません。ですからはなから無理なのです。いまの父では無理なのです……」

帳面を平太に戻すと、草介は立ち上がった。

「そうそう、都合で千歳さまがお父上の代わりを務めておられます。もしいま、御薬園でなにか起きれば大変です」

草介は軽く腕を組んで沈思した。

「千歳さまが責めを負わねばなりません」

草介を見つめる平太の顔が蒼白になる。

「さて、お邪魔しました。仕事の終わりは七ツ（午後四時）ですので、もうひと踏ん張りです」

両腕を上げ、草介が伸びをした。

「ああ、それと写生をする際には周りの植物に気をつけてくださいね。薬草畑には棘のある草もあります。朝方、私もメギの棘に引っかかりましてね、ほら」

トリカブトが植えられている近くにあったメギだ。草介は赤みの残る右手の甲を見せた。


列をなした鳥が、朱《あけ》に染まりかけた西の空を飛んでいく。園丁たちが仕事を終え、戻って来る。千歳は落ち着かないようすで御役屋敷の庭をうろうろしていた。さすがに今日は、木刀を振るう気も起きないのだろう。

「カミツレのお茶を淹《い》れました。少し休まれてはいかがですか」

草介が湯呑みを差し出すと、素直に受け取った千歳は、不安げに息を吐いた。

「朝から昼にかけて外出した者はないと先ほど園丁が報せてくれました。やはり養生所の先生方と東のお奉行さまにお伝えしたほうがよろしいのではないでしょうか」

「騒ぎが大きくなれば、ますます藪《やぶ》に入ってしまうことにもなりかねませんよ」

そう応えると、千歳が半眼に草介を見つめてきた。

「どうも朝から気になっていたのですが、草介どのは、なにか盗人の証《あかし》を摑んでいるのではないですか？」

ぎょっとして草介は後ずさりした。

「滅相もない」

「まことですか?」

千歳がぐっと顔を近づけてくる。草介は黙って首を幾度も上下させた。

「ああ、それより、菜の花畑で平太さんと会いました。たしかに絵がお上手でした」

千歳が湯呑みに眼を落とし、顔を曇らせた。

「絵師は平太の絵も見ずに金子を求めたそうです。それが悔しくてならなかったと、普段穏やかにお話をされる近藤どのが声を荒らげておりました」

「近藤さまの疼痛は重いのですか」

「手指と膝、足裏の痛みがひどいといっておりました。道場でもずっと堪えていたようです。もっと早く養生所に入るよう、勧めればよかったと後悔しております」

草介は、ぽりぽりと額を掻いた。

「ただ、近藤どのは平太に申し訳ないとそればかりいっておりました。まさか思い余って業突張りの絵師を――」

「それはないでしょうが……」

「わたくしもそうは思いたくありません。そういう方でもありません」

千歳が憤然としていい放ったとき、ちょうど御役屋敷の門をくぐった園丁頭が、

「トリカブトが……畑に戻りました」

顔をひきつらせ報告した。

四

どうしても盗人を捜しださなければと息巻く千歳を前に、御役屋敷の一室で草介は紙に包んだ二枚の葉を丁寧に畳の上へ並べた。両葉ともに、切れ込みが深く入り三枚に分かれ、さらにその一枚一枚ごとの先も二つに分かれている。

千歳が怪訝な顔で右側に置かれた葉に触れようとした。

「ああ、そちらはトリカブトの葉です」

きゃっと千歳は小さく悲鳴を上げて、指先をあわてて引いた。

「べつに触れたぐらいではどうこうなりませぬよ」

「では、こちらはなんの葉ですか」

千歳が、ぶっきらぼうに左の葉を指さした。

「二輪草です」

千歳が眼をしばたたいて、葉を交互に見つめ、

「驚いた……そっくりです」

呟くようにいうと、顔を上げた。

「二輪草の根は疼痛に効能があると古くからいわれています」

りません」

「両草ともに根からすぐに葉を伸ばす根生葉《こんせいよう》です。このように並べて見れば、トリカブトのほうが多少、葉の先が尖ったようにも見えますが……野山では並んで生えてなどおりません」

「では、間違えてトリカブトを摘んでしまうこともあるということですね」

「その通りです。気づかずに食し、毒で死んでしまう者もいます」

千歳が眉根を寄せる。

二輪草の花は白く、五から七の花弁に似たがく片を持ち、かたやトリカブトは楽人が着ける冠のような形をした紫色の花をつける。

「二輪草の開花はまもなくですが、トリカブトは秋なので花が咲けば見間違えることはまずありません。ですが若葉のときは、ほとんど見分けがつきません」

ちょうどコブシとハクモクレンのようですねと、草介はつけ加えた。

千歳がはっとして草介を見る。

「さきほど疼痛といわれましたよね。もしや……引き抜いたのは」

千歳は声を震わせながらも、その名を口にはしなかった。口に出せば罪を問わねばならなくなるのがわかっているからだ。

草介は、ぽりぽりと額を掻いた。


「疼痛……」

平太は絵が達者だ。絵を描く者は、物の形を捉える眼を持っている。

平太の描いた絵が草介の脳裏に甦《よみがえ》る。

細かな描写、正確に写し取られた花容。

コブシとハクモクレンの違いも描くことによって知ったように、トリカブトと二輪草の違いも一目で見抜けるはずだ。しかも普段から摘んでもいる。命にかかわる草花だとしたら、なおさら注意深くなる。

畑の土に残されていた跡は、円い小さな穴だった。近藤左門が使っている杖の先を当てればぴたりと合うはずだ。

平太は父の左門がトリカブトを引き抜いたことに気づいていたのだろう。左門は二輪草だと、平太に偽りを告げたに違いない。

だが、平太は決して見間違いなどしない。

父が命を絶とうと思っていることを知りつつ、わざと平太は見過ごしたのだ。

物静かな平太が一瞬だけ見せた怯えにも似た眼は、父がいなければよいと思った自分におののいていたのかもしれない。

草介は万が一、トリカブトを用いてはと、園丁頭に近藤を見張らせていた。園丁頭は、夕暮れどきに飛び出して来た平太と、それが追えずに養生所の前で呆然と立ちつくす近藤の姿を見たと話していた。

父子の間でどのような会話があったのかは草介にはわからない。だが、父が平太を思い、平太が父を思う、それがほんの少し、よじれてしまっただけなのだ。

「まことにようございました。間違いに気づいて、返しにきたのですね。間違いですから罪も誰かも問いません」

よかったと幾度も千歳が呟いた。

「それは千歳さまが落ち着いて対処なされたからですよ。もし、御薬園や養生所中にトリカブトのことが知れ渡っていたら、引き抜いた者も畑に戻す機を失っていたでしょう。千歳さまの優しいお心が通じたのですよ」

草介はにこりと笑った。


二日後の早朝、旅姿の近藤父子が御役屋敷へ挨拶に訪れた。

「まだ療養なさっていてもよろしいのに」

「これ以上のご親切は、私どもが辛《つろ》うございますので」

近藤が丁寧に頭を下げたが、苦しげな表情を浮かべ顔を上げた。

「あの……じつはそれがし……トリカブトを」

「ああ、ああ、近藤さま」

ばたばた手を振る草介を千歳は不思議そうに眺める。

「養生所の先生より薬を預かっております」

草介は足元に置いてあった包みを持ち上げた。養生所の医師に無理をいって処方してもらったのだ。半年分はある。

「桂枝《けいし》加苓朮附《かりょうじゅつぶ》湯《とう》です。このお薬にはたしかに附子が処方されています」

「附子？　トリカブトを毒抜きした生薬ですね」

千歳が得心した顔をする。

「近藤さま、このお薬を必ず続けてください。平太さんのためにも」

「はい。ですが……このような量では薬代が」

「ならば平太が元服したら御薬園の植物図を描いてもらいましょう」

「それはよいお考えです、千歳さま」

それまで唇を引き結んでいた平太が、意を決したように口を開いた。

「房州に戻りましても、精進いたします。もっともっと上達しておふたりに認めていただきとう存じます」

「はい。お待ちしております」

草介がゆっくり頷いた。

左門と平太が深々と辞儀をして、身を返す。その姿を見送りながら、千歳がいった。

「トリカブトを引き抜いたのは近藤どのですね」

ぎくりと草介は肩を震わせた。

「二輪草とトリカブトの話をしたのも、わたくしに勘違いさせるためだったのでしょう」

「……お許しいただけますか」

「許しません。父が戻るまで御薬園の視察を一緒にしていただきます」

厳しい口調でいいながらも、千歳の眼は笑っていた。

「あのう、千歳さま。二輪草はどうして二輪草と呼ばれるかご存じですか？」

「いいえ」

「一本の茎から二輪の花を咲かせることが多いからです」

平太が左門の手を自分の肩に載せ、父の身体を支えながら静かに去って行く。

ふたりの姿が一本の影となって地に伸びた。それぞれの思いは違っていても、互いを思いやる心はひとつなのだ。

穏やかに微笑む千歳を横目で見ながら、草介の脳裏には父の顔が浮かんでいた。

あじさい

一

小石川御薬園《こいしかわおやくえん》同心の水上草介《みなかみそうすけ》は笠と蓑《みの》をつけ、水路の端を歩いていた。まだ水かさが多く、いつもは澄んだ水もにごっている。

御薬園の木々も雨を含み、ホオノキの大きな葉からは雨粒がしたたり落ちてくる。雨がもう三日続いていた。昨日は天水桶《てんすいおけ》の水をひっくり返したような大雨だったが、今朝はずいぶん降りが弱くなっていた。

風もあったせいか、ハナスゲが横倒しになっている。せっかくつけた小さな紫の花も泥をかぶってしまった。草介は雨で緩くなった土を踏み固めて、元に戻す。

陽も雨も、天からの恵みだ。どちらが欠けても、困る。しかし、あまり過ぎるのも困る。

ふと横を見ると、茎が折れ、青い鞠《まり》のようなあじさいの花がひとつうなだれていた。

草介は、腰から下げた植木ばさみで、折れてしまった茎を切る。あじさいは水揚げが悪く、切り花にすると一日しか保《も》たないが、花をよく乾燥させて煎じると、熱さましとしてよい効き目があった。

日本古来の植物であるあじさいは、じつは漢方にはない。が、本草では紫陽花《しようか》と呼ぶ。

草介は手にしたあじさいを見つめた。黄緑色の葉も花も雨に濡れ、さらに鮮やかに、しっとりと艶やかな色目となっている。

通常、花として見られているのは、じつは花弁ではない。がく片が変化した装飾花だ。葉は鋸歯《きよし》状の葉縁を持ち、主脈と側脈がくっきりとした美しい葉脈をしている。多くの葉の中でも、草介にとってお気に入りのひとつだった。

あじさいを手に、さらに薬草畑へ向かおうとしたとき、

「水草さまぁ」

園丁頭の声がした。年配の同心に付けられた綽名は、すっかり御薬園にしみ込んでいる。水上という姓であることすら忘れられているのではないかと草介はときどき思うが、別段、気にしていない。

園丁頭がさらに声を張り上げた。

「お客さまが御役屋敷にお見えですよぉ」

客……？　草介は小首を傾げた。

園丁頭が小走りに畑を回ってくる。

「なにをのんきに考えていなさるんです。ほら、以前、養生所の見廻り方同心だった……色黒で、背の高い」

高幡啓吾郎《たかはたけいごろう》だ。

草介は弾かれたように身を返した。高幡は南町奉行所の同心だ。昨年の春まで御薬園内にある養生所見廻り方であったが、お役替えがあり、いまは定町廻りを務めている。

すぐさま長屋へ戻った草介は、濡れた衣装を着替えて、御役屋敷へ赴《おもむ》いた。

裏庭に面した客間は開け放してあり、笑い声が聞こえてくる。千歳《ちとせ》と高幡のものだ。

千歳は、金沢町にある共成館という剣術道場に通っているが、高幡は兄弟子にあたる。

高幡が養生所見廻り方を務めていたころは、御役屋敷の庭でよく稽古をつけてもらっていた。

廊下に座した草介は中へ向かって一礼した。

「おお、草介どのか」

高幡の威勢のよい声が響く。つやつやと光る浅黒い顔に笑みを浮かべている。

「お久しぶりです。お変わりございませんか」

「草介どのも息災でなによりだ」

草介が座敷に入り、かしこまるやいなや、

「高幡さんが、まもなく祝言を挙げられるのですよ」

千歳がわがことのように頰を上気させていった。草介は眼をしばたたいた。

「ああ、それはおめでとうございます」

「まあようやく、そういう運びになった」

高幡はぼんの窪に手をあてた。

高幡の相手は、養生所に勤めていたおよしという女看病人だ。気働きがよく、優しい性質で、養生所の医師や患者たちからも信頼されていた。高幡がおよしを見初めたのだ。

およしは、形だけではあるが、いったん武家の養女となり、そこから高幡家に嫁ぐ。定町廻りなどという過酷なお役を務めている高幡の助けとなり、支えとなるだろうと草介は、およしの涼やかな目元を思い浮かべた。

高幡は広く大きな背を丸め、落ち着きなく腿の上を両の手でさすりながら、

「それで、ふたりに参列してもらえぬかと思うてな、本日は、お願いにあがったというわけだ」

はにかむようにいった。

「まことにありがたいことですが、千歳さまはともかく、私など……」

「いや、およしもぜひにというておる。草介どのはおれたちの仲人同然だからな」

「そのようなことは……」

草介はぽりぽりと額を掻いた。

以前から高幡の気持ちはわかっていたが、およしのほうも憎からず思っていることを知った草介は、患った高幡の屋敷へ、およしに薬を届けてくれるよう頼んだのだ。

高幡はすでにふた親もなく、老年の下僕がひとりという暮らしだった。およしは八丁堀の屋敷と養生所を連日往復して看病に努めた。高幡はその優しい心根に、やはり生涯の伴侶はおよししかいないと思い極《き》め、およしも、それを受け入れたのだ。

「必ずうかがいます。およしさんの花嫁姿も楽しみです。草介どのもよろしいですね」

千歳にきっぱりいわれ、草介はあわてて頷いた。

と、芥川家の家士が千歳を呼びに来た。

「少々、失礼いたします」

草介どのに茶を、と家士に申しつけ立ち上がりかけたとき千歳が、

「くしゅん」

大きなくさめをひとつした。

千歳は顔を赤らめながら、家士の後を追うように座敷を出た。

二

千歳の足音が遠ざかるのをたしかめると、高幡が急に顔を強張らせ、口を開いた。

「道場がらみの話なので、千歳どのがいない隙に話すが、少々、困ったことが持ち上がってな。仲人は奉行所の与力さまに頼んであるのだが」

草介は、ふんふんと首肯した。

「ところが、七年ほど前だ。勝俣為右衛門《かつまたためえもん》という共成館の兄弟子に、祝言を挙げるときには仲人をお願いするといってしまってな」

はあ、と草介は黒々とした眉をひそめる高幡をいくぶん困惑げに見つめた。

「もちろん、およしどころか、所帯を持つなどまだ微塵《みじん》も考えていなかった若いころだ。酒の席での話の流れというやつだ」

よくあることだろうと、高幡は草介に同意を求めるふうにいった。

「おれのほうは、酔った勢いでの話など、これっぽっちも覚えていなかった。それからおれも奉行所に出仕し始め、勝俣さまもお役目で京へ行かれてしまってな。ほとんど顔を合わせなくなっていたのにもかかわらずだ」

「はあ、でもその勝俣というお方は」

「つい先だってお会いしたおり、その話を持ち出してきたのだ。ようやく約定が果たせると嬉々とされておる。ありがたいことではあるのだが……」

高幡の表情は苦りきっていた。勝俣為右衛門は三百石の旗本で、二年前に大番衆《おおばんしゅう》を退き、嫡男に家督を譲った隠居の身だという。還暦を迎え、これまでなまった身体を鍛え直すために、ふた月ほど前から道場に姿を見せるようになったと、高幡が息を吐き、いった。

「これまでお役目一筋に歩んで来たお方ゆえ、律儀で実直な人ではあるが、少々、頑固で口うるさい。すっかりその気になっておられるのを無下に断るのも気が引けるというか」

ははあ、と草介は得心した。相手は隠居したとはいえ三百石の旗本だ。身分からいえば、奉行所の与力より上になる。

「おれはときどきしか道場に顔を出さぬが、聞くところによると若い門弟たちの世話もいろいろ焼いているらしい。このごろは少々、煙たがられているふうだが、なんといってもご老体ゆえ、そう邪険にもできぬ」

ただ本人はいたって上機嫌らしく、皆から慕われ、頼りにされて困るほどだと、嬉しそうに語っているという。

「大番衆というお役目ですと、剣術の腕もある方なのですか」

高幡が、腕を組んだ。

「うむ、そこそこにはな。だが城中の警備というお役目といえども、いまどき滅多なことは起こらぬからなぁ。隠居後、しばらくは書物を読んだり、庭木の手入れなぞしていたらしいが、それでも、お歳の割にはずいぶん足腰がしっかりされているとは思うたが」

隠居して二年かと、草介はぼんやり思った。

「嫡男も同じ大番衆で、いまは大坂在番という話だ。孫はともかく、息子の嫁と毎日、顔を突き合わせているのも、息が詰まるのだろう」

それにな、と高幡が急に声を落とした。

「この嫁が、いささかきつい性質だそうでな。勝俣さまはご妻女を三年前に亡くされたそうだが、その嫁は姑《しゅうとめ》がいなくなったとたん、朝は八分粥に豆腐。塩気のない漬物に、煮物は大根、里芋、山芋。これまた味気がないそうだ。勝俣さまの好物のてんぷらなど半年に一度、晩酌は一合と決められているといっていた」

息子は大坂であるので、嫁の文句もそうそうこぼせないだろう。

「しかも、三日に一度は半里（約二キロメートル）先の菩提寺《ぼだいじ》へ墓参りをしてくれといわれたという話だ。ご先祖さまに夫の無事をお願いしてくれと、な」

「はあ、それをいわれた通りになさっておいでなのですか」

「それが、ご妻女の命日に墓参りへ赴いた際、足が突っ張り、腰を痛めたとこぼしたら、情けのうございますなと一笑されたそうだ。ならば三日に一度など無理ですねといわれ、悔しくていまも続けているといっておった」

まるで鬼のような嫁だと、高幡が口元を曲げた。

味気のない煮物に、半里の墓参り。たしかになかなか厳しい。鬼嫁といわれてもしかたがないかもしれないと、草介は心のうちで呟いた。

「およしさんは大丈夫ですよ」

草介がいうと、あたりまえだと臆面もなく高幡はいい放った。

「なあ、草介どの、物忘れの薬なんてものはないだろうかなぁ。飲んだらたちまちすべてを忘れてしまう薬だ」

「そのように都合のよいものなどありませんよ」

草介は憮然として応えた。

「冗談だ。草介どのも相変わらずだなぁ。まあでもきちりと断らねばならぬな」

茶を一口啜り、あっと声を上げた。

「その嫁だが、長刀《なぎなた》の遣い手らしいぞ。やはり武芸の得意な女子は怖いな」

「中座して、失礼いたしました」

千歳が座敷に戻ってきた。

「いま、長刀がどうとかお話しされていましたか」

高幡と草介は同時に首を横に振った。

雨はそれから三日も続き、ようやく晴れ間が覗いた。久しぶりの青空は、抜けるほど澄んで、真っ白な雲はまるで真綿のようだ。照りつける陽射しは肌に当たると痛いくらいだった。

それでも乾薬場の石畳はまだ湿り気を帯び、刈り取った薬草を干すことはできなかった。

梅雨時でいちばんやっかいなのは湿気だ。せっかく薬草を乾かしても、湿気を吸って、カビが生えてしまうこともある。

草介は薬草蔵を開けて、風を通すよう荒子たちへ指示を出し、園丁たちとともに薬草畑の雑草取りへ出向いた。

時の鐘が響き、昼の休みを皆へ告げようと腰を起こしたとき、御薬園の中央を貫く仕切り道を歩いている千歳の姿をみとめた。今朝早くから、道場に赴いていたはずだが、ふだんより帰りが早い。そのうえ、いつもよりもさらに大股に歩を進めている。

草介はふむと唸って千歳を見送った。

こういうときの千歳は、妙に張り切っているか、いささか機嫌が悪いかのどちらかだ。

人より一拍反応が鈍い草介ではあるが、千歳のことは多少、見た目でわかるようになってきた自分に驚いてもいた。

いずれにせよ、四半刻もせぬうちに呼び出しがかかりそうだと覚悟はしていたが、

「草介どの」

園丁たちと昼飯をとりに御役屋敷へ戻るやいなや、千歳が待ちかねたといわんばかりに声をかけてきた。眦《まなじり》を上げ、いつになく険しい顔をしている。

ああ、どうやら機嫌が悪いほうであったかと、草介は、小さくため息を吐く。

よくよく見れば、千歳が木刀を二本、手にしていた。

「わたくしの相手をしてください」

へっと草介の口が半開きになる。

「なにを間の抜けたお顔をなさっているのです。さあ、お取りください」

千歳は太い眉をきゅっと引き締め、木刀を草介の眼前に向けて突き出してきた。

「あ、いやその、剣術は大の苦手でして……千歳さまの稽古相手など私にはとても」

草介の親指には、植木ばさみのたこがあるが、竹刀だこはこれまで作ったことはない。

「それに木刀だなんて、危ないですよ」

草介は剣先を突きつけられながら、いった。その途端、千歳が半眼に草介を見据え、全身が、ちりっと火花でも散らすように張り詰めた。

「草介どのも同じですか？　女子のわたくしへは打ち込めぬと申すのですか？」

「そ、そのようなことではありません」

むしろ、あざかこぶができるのは自分のほうであるのは確実だった。

千歳は引き結んでいた唇をわずかに緩め、木刀を下ろした。

草介はほっと息を洩らし、千歳を窺う。

「もうけっこうです」

千歳は首をまわし、乾薬場へ眼を向けた。

乾薬場は約四十坪の広さがあり、周囲は竹矢来で囲まれている。

「なぜ、女子は乾薬場に足を踏み入れてはならないのでしょうね」

「え」

千歳のいう通り、乾薬場は女人の立ち入りが禁じられていた。なぜかは草介にもわからない。昔からそう決められていたにしろ、考えたこともなかった。それはきっと自分が男であるからだろう。だが、女子の千歳にとってはどこか得心のいかぬことだったのかもしれない。

千歳の眼はぼんやりとして、どこかうつろだ。

千歳が静かに踵を返す。

草介は、ぽりぽりと額を掻いた。

翌日、草介は神田の鍛冶町《かじちょう》にある打刃物《うちはもの》屋へと足を運んだ。やはり御薬園同心を務めていた父のころから懇意にしている店だ。

草介は父から譲り受けた植木ばさみを研ぎに出していた。ふだん自分でも手入れはしているが、父の代から、さすがに二十年近く使ってきたため、きちんとした研ぎが必要になってきていた。主《あるじ》の久兵衛《きゅうべえ》は元は刀鍛冶だ。

研ぎの済んだ刃は、美しい光沢を放っていた。草介は、蕨手《わらびで》に指を入れ、開いてみたり、閉じてみたり、近づけたり、離したりして、うっとり眺めた。

「やっぱり草介さんは面白《おもしれ》ぇな。お武家ならお腰の物に惚れ込むもんじゃねぇですか」

久兵衛がいった。

「いえ、私にとっては植木ばさみが魂です。草花を切るということは、生命をそこでいったん断つことになるのです。ですが、刃を入れることによって、さらに豊かに、美しく生かすこともできる。そのためにもはさみの切れ味は重要なのですよ」

草介はにこりと笑い、棚の上へと視線を移した。

「南部物と土佐物ですね。こちらもいいが、これは……京のものですか」

「ああ、昔っから二条のお城の周りには、刀鍛冶が多くてな。それはあっしの知り合いが打ったものでさ」

ひとつを手に取り、草介はほうと、感嘆の声を上げた。

蕨手が指に吸い付くようだ。しっくりと手に馴染《なじ》み、もう何年も前から使っていたかのような感じを受けた。刃と刃のかみ合わせも、柔らかくもなく、硬くもない。完璧だ。

「あの……これはいかほどですか？」

草介は恐る恐る訊ねた。

久兵衛は、にやっと口角を上げ、

「他ならぬ草介さんのためだ」

二本の指を立てた。

「二両！」

草介はあわてて棚に戻した。

店を出た草介は、肩を落として通りを歩いた。二十俵二人扶持の薄給で、金子をどう貯めたらよいのかと本気で思案していた。

筋違橋を渡り終えたところで、ふと草介は立ち止まった。このまま道なりに真っ直ぐ進めば共成館だ。

昨日の千歳の姿が脳裏に甦る。よくよく考えれば、あのような千歳をこれまで見たことはなかった。それも道場から戻ってすぐのことだ。

はたと、草介は気づいた。

（草介どのも同じ）

そう千歳はいった。も同じ、ということは誰かに、なにかをいわれたのだ。

女だてらに剣術をなどといわれることも、男のような姿に奇異の眼を向けられることも、これまでなくはなかった。

だが、道場では皆が千歳を認めている。いまさらという観もある。

では、一体、誰だろう。

草介が赴いたところで、どうにもならないかもしれないと思いつつも、いつの間にか足は道場へと進んでいた。

三

稽古場の武者窓から、気合のこもった声と竹刀を打ち合わせる音が洩れ聞こえてくる。

草介も剣術道場には元服前に数年、通っていたが、師範から直々にべつの道を行ったほうがよいと諭されて以来、刀はおろか竹刀も握っていない。握るのは植木ばさみだけだ。

共成館には以前、一度だけ訪れている。大きく立派な門構えに圧倒されながらも、こっそり中を覗き込んだ。

と、稽古を終えたらしい数人の若侍が出てくるのが見え、あわてて草介は物陰に身を隠した。べつにやましいことはしていないのだがと、ひとり苦笑した。

若侍が近づくにつれ、話が聞こえてくる。

どっと笑いが弾け、

「武士はみだりに笑うものではないと、ご隠居にいわれたばかりだろう」

ひとりが皆をたしなめた。

「まったく、あのご隠居には困ったものだ。ふた言目には、礼儀だ、仁徳だとうるさくてかなわん」

「言葉ならよかろう。おれは思い切り脳天を打ち据えられた。こちらはご老体だと思うから、本気を出せぬというのに」

「まあ、そういうな。われらにとっては兄弟子の兄弟子にあたるお方なのだ。ふんふんもっともらしく拝聴しておればよい。だが、まもなく京へ上るというていたぞ。そうなれば少しは静かになるだろうよ」

草介は、懸命に耳を傾けつつ、門を出た者たちの後についた。

「しかし、なにか悩み事はないか、困ったことはないかとしつこく訊ねられたので、次男だというたら、翌日、養子の口を三件見つけてきたのには、さすがに驚いたがな」

「そりゃ、まことか」

「おれなど、一手ご指南と願い出たら、稽古後、たらふく酒を呑ませてくれた」

ほうっと皆がうらやましげな声を上げる。

「馬鹿だな。ご隠居とふたりきりだぞ。心配事があればいつでも相談に乗ると幾度もいわれた」

「ああ、そういえば小松《こまつ》なぞ、小遣いをもらっていたようだ」

小松金次《きんじ》か、と誰かが苦々しくいった。

「あやつ近頃、賭場に出入りをしているそうではないか」

「それに酌取り女の家に転がりこんでるという噂もあるぞ」

すると、ひとりがぽつんと呟いた。

「勝俣さまは、なにゆえ皆から慕われたい、頼られたいとあれほど懸命になられているのか。隠居とはそういうものなのか、な」

皆が押し黙ったとき、ちょうど辻に差しかかり、それぞれの屋敷の方向へ分かれていった。

草介は往来でひとり取り残されたような気分になった。

勝俣為右衛門……高幡が話していた旗本のことだ。草介は踵を返し、植木ばさみの包みを抱える手に力を込め、足を速めた。

八ツ（午後二時）を少し回ったころ、御薬園に戻ると、ちょっとした騒ぎになっていた。

千歳が自室にこもったまま、朝からまったく顔を見せないと、園丁頭が陽に焼けた顔を歪めた。

朝餉《あさげ》もとらず、昼餉も手つかずのまま廊下に並んでいるらしい。

家士が障子越しに声をかけても、

「かまうな」

と、取り付く島もないという。

父の小野寺はいまだ下城していなかった。

なにやら園丁たちも落ち着かぬようすで、乾薬場のあたりをうろうろしている。御役屋敷をなにげなく窺う者もいた。

皆、千歳のことを心配しているのだ。

草介の脳裏に勝俣為右衛門の名が浮かんだ。

「ま、ともかく仕事へ出てくれぬか」

へいと、園丁頭が皆を促すようにして、御薬園の畑へと出て行く。

園丁たちと入れ替わるように御役屋敷の門をのっそりと潜ってきたのは高幡だった。

草介は弾かれたように駆け寄った。

「千歳さまのようすがおかしいのですが、なにかご存じないでしょうか」

そう訊ねると、高幡が軽く舌打ちした。

「もしやと思うて来てみたのだが、案の定か」

「案の定、とは？」

草介は訝しげに首を傾げた。

「例の勝俣さまだ」

「ああ、やはりそうでしたか」

「なんだ、知っておったのか」

草介は、千歳の昨日から今日にかけてのようすを告げた。

高幡はふんと鼻から息を抜くと、乾薬場の横に置かれている腰掛に座った。

「おれも今朝、道場に寄った際に聞かされたのだが、勝俣さまは、千歳どのへ向かって女子に剣術など無用といったらしい」

十八にもなるなら嫁入り話はないのかという問いに始まり、裁縫や生け花のほうが女子にはためになる。性根の強い女子は嫌われる。女性《にょしょう》の幸せは、家に仕え、夫に従い、子を生《な》すことだと、半刻ほどにもわたり、とうとう諭されたというのだ。

「ああ、それは……」

「草介どのへの態度といい、飯も食わず、部屋からも出んということは、相当、腹を立ているようだな」

勝俣さまもよけいなことをいってくれたものだ、皆、息子の嫁にいいたいことばかりではなかろうかと、高幡は眉根を寄せた。

そうだろうかと草介は心のうちで唸っていた。千歳は、ただ、腹を立てているだけではないようにも思われた。

「いまは、そっとしておいて差し上げたほうが、よろしいでしょうか」

「まあ、そうだな。もう少し時が経てば、腹も減ってこよう」

あのうと、草介が声をかけると、高幡が顔を上げた。

「高幡さんのほうはどうなりましたか？」

「おう、そのことよ」

高幡がぽんと膝を打つ。

「それもあって参ったのだが、おとつい、勝俣家の嫁御がいきなりわが屋敷を訪ねてきたのだ。たしか佳代《かよ》という名であったかな」

草介は、ははあと声を洩らした。

「例の性格のきつい……」

「そうなのだ。おれも勝俣さまの話から察するに鬼嫁のように思っていたのだが――」

高幡が剃り残ったひげを指でつまみながら、

「色白の丸顔で、ふっくりした肉付きの嫁御でな、話し方もゆるりとして品があった。とても勝俣さまがおっしゃったような女子には見えなんだ」

と、いった。

佳代という勝俣家の嫁は、菓子折りと舅《しゅうと》の為右衛門の書状を持参してきたという。書状には、わけあって仲人を引き受けることができなくなった詫びが記されていたのだと、高幡はほっとした顔つきで草介を見た。

「おれとしては、こちらから断りを入れることがなくなって助かったのだが……」

いいながら、わずかに表情を曇らせた。

「どうかなさいましたか」

うむと、高幡が深く頷く。

「祝言にも出られぬやもしれぬとあったのだ。嫁御に訊ねると、驚いた顔をされてな。それは知らなかった、あんなに楽しみにしておられたのにといわれた」

「はあ」

「しかも、それを知った嫁御が急に真剣な眼差しを向けてきてな、頼み事をされてしまったのだ。旗本の妻女に指を突かれるなど初めてのことゆえ、おれも驚いてな」

じつは勝俣が以前よりも、金子を持ち出すようになったというのだ。もちろん、舅が働き、蓄えてきたものであるから、強くもいえないようだが、なにを購《あがな》うでなし、不思議に思っているという。

「そこで、だ。勝俣さまを尾けてくれまいかといわれた」

草介は眼をしばたたいた。

「尾行などといわれても、万が一だぞ、その……妾《めかけ》を囲っているとか、そういうこともあるのではないかと申し上げた。するとな、それでも一向に構いませぬときた。それがわかれば、女にも会いに行くといわれてな。ま、そのあたりが気の強い女子ということか」

高幡が腕組みをして唸った。

「あのう、小松金次という門人が共成館にいるのでしょうか」

うんと、高幡が訝しげな顔で、

「なぜ、草介どのがそやつの名を知っているのだ？」

定町廻りらしく鋭い眼を向けてきた。草介は一瞬、たじろぎながらもじつはと、語った。

高幡は、苦く笑うと、

「なるほど、小遣いか。そやつは御家人の次男坊だ。少々身持ちが悪いと、師範代より聞かされていたが……こりゃ、金の流れている先は、小松やもしれぬ。大方、賭場の借金か女で勝俣さまに泣きついたか」

はぁ、と草介はいくぶん肩をすぼめながらぽりぽり額を掻く。

高幡が腿を打って立ち上がり、

「小松をちょいと締め上げてみるか。おれの祝言にも来られなくなったということとかかわりがあるのかどうかはわからんが」

御役屋敷へ眼を向けた。

「道場へ赴くなど、やはり千歳どののことが心配でたまらぬのだなぁ、草介どのは」

「あ、いや……そんな」

「ははは。ま、そういうことにしておけ」

大きな手で草介の痩せた背を叩いた。

がはごほと咳き込みながら草介も御役屋敷をちらりと見やった。

四

空が朱に染まったころ、御薬園東側の仕切り道沿いにある養生所より医師がやって来た。

御薬園預かりの、千歳の父、芥川小野寺が帰宅し、千歳の部屋を訪れた。すると、真っ赤な顔で娘が呻いていて、大騒ぎになったのだ。

かなりの高熱で口も利けぬ状態だったらしい。小野寺は家士を厳しく叱りつけたが、そのときばかりは千歳が弱々しい声で、自分が悪いと家士をかばったという。

数日前、道場から雨に打たれて戻った千歳をたしなめた家士へ、

「わたくしは風邪など引かぬ」

と、いい放ったのだ。

それもあって、素直に具合が悪いことをいい出せなかったというのだから、千歳らしいといえばらしいと、草介は苦笑した。ここまで意地が張れれば立派ではある。

医師がすぐに投薬をしたが、いまだに熱は下がらないという話だ。養生所の看病人が付きっきりで看ているらしい。

勝俣の言葉で鬱々としてしまったのではないかと思っていただけに、ひとまず安堵した。

とはいえ熱もあなどれない。だが看病人が付いているとなれば安心だろうと、草介は採取したあじさいを眺めながらほっと息を吐いた。

晴れたのはたった二日だった。また雨が続いている。あまりに降りが激しく御薬園での作業はできそうもなく、休みにせざるを得なかった。雨戸をたてたまま、草介は長屋にこもり、書物に眼を通したり、これまで作った押し葉の仕分けに精を出していた。

千歳を見舞おうかとも思ったが、たぶん強がってみせるだろうと思い、やめにした。

屋根を叩く雨の音は、一向に収まる気配がない。なにやら風も出てきたようだ。水路が心配になった。水が溢れてしまうと、蒔いたばかりの種が流れてしまう。

草介が玄関の三和土へ下り、蓑と笠を着けようとしたとき、戸を叩く音がした。

あわてて戸を引くと、高幡だった。

「ど、どうしたんです。この雨の中」

あからさまに唇を歪め、参ったと疲れきった顔で、

「なんだか腹が煮えてたまらなくてな」

上がりかまちに腰を下ろすなり、高幡はいった。

「小松金次はとんでもねぇ悪党だった。浅草の料理屋の酌婦《しゃくふ》と組んで、小金持ちの隠居ばかりを狙っちゃ、金を巻き上げていやがった」

草介が手拭いを差し出すと、高幡はぐっしょり濡れた足を拭った。

「ただな、奉行所に訴状は一件も出ていなかった。なぜだと思う？」

さあと、草介は首を傾げた。

「皆、騙されたと思っていないのだ。むしろ人助けをしたと満足しているんだ。妹だの姉だのが病で臥せっていて、医薬代がかかるって作り話をもっともらしく語られ、自分は共成館の高弟でまもなく師範代になるといって信用させている。もともと剣より口の

達者な奴ではあったのだ。それにしても」

なめられたもんだぜ、と高幡は怒りを滲ませた。

「勝俣さまもそういうことですか？　ですが、そんなすぐわかるような偽りになぜ皆、引っかかってしまうのです？」

高幡は腕を組んで、天井を仰ぎ見る。

「誰かから必要とされたかったんだよ。懸命に働いてきて、いざ隠居してみたら、家族からはもう必要とはされていない、頼りにされていないと、勝手に感じちまうんだな。小松はそこにつけこんだのさ」

草介は共成館の若侍たちの話を思い出した。

勝俣は、困ったことや、悩みを相談しろとしきりにいっていたようだ。隠居して、世間から忘れられていく寂しさや、もう必要がないと思われている己が許せなかったのだろうか。

「酌婦は捕えたんだが、小松にはすんでのところで逃げられちまった。巻き上げた金子はほとんど使っちまって残ってねぇと女はいってる。どこに隠れていやがるのか」

高幡の顔が苛立っていた。

草介は、うーんとひとり唸った。なにかを忘れている。道場へ行った日、若侍たちが交わしていた会話の中に手掛かりがあるような、そんな気がしていた。

ふと、上がりかまちの上の植木ばさみに眼を留めた。二両……ではなく、京だ。

「勝俣さまは大番衆のとき京へ行かれたといっていましたよね」

「ああ、二条城の警備でな」

「共成館の門弟の方の話ですが、ご隠居が京へ上るとかいっていたような気がします」

「祝言に出られぬというのもそれか。まさか……小松とともに行くつもりか」

すっくと立ち上がった高幡は、

「草介どの、助かった」

草介が返事をする前に、雨の中を駆け出して行った。


小松金次は、勝俣の屋敷に身を隠していた。

情婦が捕えられたことで焦った小松は、雨の中を無理やり勝俣を連れ、京へ逃げるつもりだったらしい。

病の癒えた妹のためにも仕事を得たい、勝俣から借りた金子も返したい、だが江戸では辛い思いをしすぎたと勝俣に泣きついていたのだという。

高幡は草介の長屋を出て、駒込片町《こまごめかたまち》からほど近い、勝俣の屋敷へ飛び込んだ。すでに玄関の前では、長刀を手にした嫁の佳代が、ずぶ濡れになりながら、旅支度をした勝俣と小松の行く手を阻《はば》むように立ちはだかっていたのだ。

「その気迫のすさまじさにはおれも足がすくんだ。追い詰められ刀を抜いた小松を、あっという間に打ち据えた。おれなどただ見ているだけでよかったからな。勝俣さまを守るために必死の思いであったのだろう」

と、高幡は感心しきりだ。

すべてが偽りだったと知った勝俣は、

「頼られて、すっかりいい気になり、京の知り合いを紹介してやろうと思ったのだ」

情けないと繰り返しつつ、高幡に語った。

佳代は小松が屋敷に来たときから、怪しんでいたという。妹と偽って連れて来た娘が妙に白粉臭かったのも気になっていたらしい。小松が急に京行きを早めたことで確信したのだ。

「ところが、そんな勇ましい嫁御がな」

高幡は含み笑いを洩らしながらいった。

「雨に濡れて熱を出した。ま、それはせん無いことだが、薬が飲めぬそうだ。幼いころに苦い薬を処方されて以来、まったくだめだというから、気の毒ではあるのだが、な」

だが、勝俣為右衛門は、あれから道場に姿を見せぬと、高幡が息を吐いた。

嫁の働きに、すっかり頭が上がらず、騙されたことも恥じ入っているという話だった。

五

草介は勝俣家を訪ねた。

応対に出て来た用人へ姓名を告げると、勝俣は、すぐに姿を現した。目元に険のある、顎の細いいかにも頑迷な老人というふうだ。草介をみとめると、厳しい視線を向けてきた。

「はて、御薬園のお方と聞いたが、何用かな」

「御薬園同心の水上草介と申します。本日は、佳代さまにこれをお持ちしました」

草介は、懐に挟んだ袋を差し出した。

「せっかくだが、嫁は薬が苦手なのだ。苦い薬が嫌だと童のようでな」

勝俣はようやく目元を緩めて、ほとほと困ったという顔をした。

「ええ、南町の高幡さまよりそのことは伺っております」

「おお、高幡と知り合いか。そうか、以前は養生所の見廻り方をしていたといっておったな」

「ですので、これは、薬ではなく煎じ茶です。あじさいの花を乾燥させたものです」

「あじさいの茶……だと？」

「はい。あじさいの花には熱さましの効能があるのですよ。これでしたら、飲んでいただけるのではないかと思いまして」

そうかと、勝俣はゆっくりと手を伸ばし、袋を受け取ったが、はっとして草介を見た。

「だが、これは御薬園の物ではないのか？」

「さすがにあじさいの花がどれだけ咲いたかまで、お上も調べませぬ」

草介はにこりと笑った。

「なるほど。では、ありがたく頂戴《ちょうだい》いたす」

勝俣が軽く腰を折り、立ち去ろうとするのへ、

「あの……勝俣さま」

草介は呼びかけた。

「つかぬことを伺いますが、勝俣さまは胃の腑を患ってはおられませぬか？」

勝俣が白髪の交じる眉をひそめた。

「たしかに、つねに胃の腑がもたれるような、重苦しいことがあった。いまはさほどでもないがな。だがなぜ、それをお主が知っておるのだ？」

「佳代さまがお教えくださいました」

「佳代が……」

「とはいっても一面識もございません。高幡さまから勝俣家の献立を聞き、気がつきま

した」

佳代の料理はすべて、胃の腑に負担をかけないものばかりだったのだ。

勝俣の眼が大きく見開かれた。

「それに、三日に一度、墓参りへ行かれるとも聞きました。半里の道のりの往復を二年近く続けられていると足腰もさぞや」

勝俣が泣き笑いのような表情を見せた。

「知らぬうちに足腰の鍛錬となっていたわけか……その自信がついたからこそ、道場へも通う気になった……そうか」

面を伏せた勝俣は幾度も頷いた。

「なんと……愚かな嫁だ。なぜ、ひと言いうてくれなんだ……いや、言葉にせずとも気づくべきはわしのほうであったか」

「はい」

草介ははっきりと応えてから、あわてて頭を下げた。

「やはりうつけはわしだな。なにを外に求めていたのだろうな。大切な者たちはごく身近におったというのに。佳代は、小松と対峙しながら、もしわしになにかあったならば、亡き姑と夫に顔向けできぬと申した。わしのほうこそ、佳代が快復せねば、大坂にいる息子に顔向けができん。このあじさい茶をしっかり飲ませることにしよう。いま、佳代の看病ができるのはわししかおらぬ」

勝俣は口元に初めて笑みを浮かべると、身を返して、用人の名を呼んだ。

御薬園へ向かうゆるやかな蓮華寺坂《れんげじざか》を上っていると、横を追い抜いていった者が、いきなり振り向いた。

「わ、千歳さま」

千歳がむっとして唇を曲げた。

「なんです、その驚きようは。草介どのは隙だらけです。武士ならば、背後にも気を張り詰めていなければなりませぬよ」

草介が、はいと応えると、千歳は満足げに頷き、再び歩き始めた。

「もうお身体はよろしいのですか？」

千歳は前を向いたまま、風を切るように進んで行く。

「本復いたしました。あれくらいの熱で何日も寝込んでいるわけにはいきません。いまも道場で汗をかいて参りました」

「そのような無理をなさっては……また」

草介の声など耳に入らぬとばかりに、再び振り向いた千歳が口を開いた。

「高幡さんから伺いました。勝俣さまが小松金次に騙されたそうですね」

「ええ、高幡さんのお手柄ですよ」

「あのような男、共成館の恥です。一度、手合わせしたことがありますが、手加減せずもっと打ち込むべきでした」

千歳は厳しい口調でいい放った。

草介はやはりあのとき木刀を受け取らなくてよかったと、胸をなでおろした。

だが、千歳はまことに勝俣の言葉に心を痛めてはいなかったのだろうかと気にかかった。

大股に歩みながら、千歳がいった。

「そうそう。草介どのに木刀を突きつけたそうですね。家士から聞いたのです。すでに熱があったせいか、なにを話したかも記憶にないのです。ですからすべて忘れてくださいませ、ね」

千歳がふわりと笑った。

穏やかだが、切ない笑顔だった。千歳の心の奥底に揺れるものがあろうと、詮索《せんさく》すべきではないのだと草介は思った。きっと千歳もそう望んでいるはずだ。

坂を上り終えると、道の両端にあじさいが並んで咲いていた。右側は赤紫で、左は青紫だ。ここは毎年きれいですと、ようやく千歳の歩が緩み、草介は横に並んだ。

「道の右側と左側で色がはっきりと分かれているのが、いつも不思議でなりません」

「あじさいの色は土で決まるのですよ」

千歳が草介を見上げた。

「土の中の成分が異なると、赤や青になるのです」

だから道を境にして右側と左側では土が違うことがわかると付け加えた。

「いま自分がいる土壌で、しっかり根を張り、自分の色を咲かせれば、それでいいのですよ、きっと」

勝俣為右衛門の顔が浮かぶ。

千歳はなにも応えず、あじさいを見つめながら、ゆっくりと歩いていた。

「ああ、それとあじさいの花は熱さましのお茶になるのです」

その途端、千歳の目元がぴくりとした。

「わたくしの病床に、その茶は出てきませんでしたが」

草介の背がぞくりと粟立った。

「そういえば、勝俣家の嫁御は長刀の名手だそうですね。いずれ、お手合わせいただこうと思っております」

先に御殿坂《ごてんざか》が見えてきた。あの急坂を下れば御薬園だ。いっそひと息に駆け下りてしまいたい気分になりながら、

「それはよろしいですね」

草介は引きつった笑顔を千歳に向けた。

ドクダミ

一

御薬園《おやくえん》同心の水上草介《みなかみそうすけ》は、大きな麻袋と鎌を手に北側のヘチマ棚へと向かっていた。

今年の梅雨は例年になく長い。ぐずぐず雨雲が居座り続けているが、確実に陽気は夏だ。そのせいか蒸すような暑さで肌がべたつくのが不快だった。このままでは草花の生育にも影響が出そうだ。

曇天ならまだましかと、草介は灰色の空を恨めしげに見上げた。

草介はヘチマ棚の下に入る。つるが棚にからみ、手のひら型の葉がうっそうと茂っている。本来なら陽射しがきつくなるこの季節には、暑さしのぎになる棚が、今年は雨宿りするのに役立っていた。黄色の雌花と雄花がちらほらと咲いている。昨年よりも少ないように思え、草介は唸った。

「これでは、ヘチマ水が足りぬかなぁ」

草介はぼそりと呟きながら、腕を伸ばして花に触れた。

御薬園では毎年、ヘチマ水を作り大奥へ納めている。やけどや咳止めにも効果があるが、大奥ではもっぱら肌を整える化粧水として使われ、評判もよい。

ヘチマ棚から少し離れた脇道にドクダミがびっしりと生えている。棚の陰になるので、よけい威勢がよいようだ。濃い緑色の葉の間から、花がいくつも覗いている。

「ドクダミのほうが花つきがよいな」

軽く口角を上げると、草介はその場に麻袋の口を開いて置いた。

「さて、やるか」

草介は、ドクダミの刈り取りを始める。とたんに、なんともいえない臭いが漂う。鼻をつんと刺す、質の悪い線香のような感じだ。この臭気が苦手だという者は多い。強い臭いのせいで、毒溜めなどというありがたくない呼び名がつき、ドクダミと変化したのだが、民間薬としては昔から重宝されている。いったいどのようなきっかけで先人がドクダミの効果を知りえたのかはわからないが、十の病に効能があることから、十薬《じゅうやく》ともいわれる。

草介は、深めに刃先を入れ、根から刈る。そうしないと地下に這《は》う根茎がどんどん伸びて、ドクダミはいくらでも増えていく。

そのたくましさ、強さにはいつも感心させられている。

袋は、あっという間にいっぱいになった。草介は腰に下げた手拭いで汗をぬぐうと袋を肩に担ぐ。葉や茎だけとはいえ、かなり重い。

やはり園丁のひとりに来てもらうべきだったと、草介は少し後悔した。

ようやく御役屋敷の門前まで来ると、屋敷から出てきた千歳《ちとせ》の姿が見えた。

小石川御薬園は、約四万五千坪の敷地の中央を貫く仕切り道で東西に分かれている。千歳は西側御薬園預かり芥川小野寺《あくたがわおのじ》の娘だ。

千歳も草介をみとめ、急に足を速めた。若衆髷が激しく揺れる。しかも太い眉尻がいくぶん上がり気味だ。どうやらあまりよい機嫌ではなさそうだった。

「これからお出かけですか、千歳さま」

草介は遠慮がちに声をかけた。

「道場の兄弟子に赤子が生まれましてね。その祝いの宴席に参るのです。ところでなんです？　その大きな袋は」

草介が担いでいる麻袋を千歳が訝しげに眺めたが、ふいに口元を手で覆った。

「なにゆえそのようにたくさん……」

「あああ、やはり臭いますか？」

「臭うなどというものではございません。なにやら頭まで痛んでまいります」

「それは申し訳ございません。ドクダミは、ときどきこうして刈り取りませんと、どんどんはびこってしまいますので。乾燥させて、ドクダミ茶にしようと思っているのですが」

このところの天候で種も蒔けず、薬草の採取もできないため、まとめてドクダミを刈るにはちょうどよい機会だった。

「それはご苦労さまです。ですが同心自ら雑草取りまでなさるなんて……まことに草介どのには感心いたします」

「恐れ入ります。ですが、こうして御薬園を巡るのは仕事とはいえ、草花が育っているのを見るのは楽しいですし、落ち葉拾いもできますから」

拾った葉を、押し葉にするのは草介の趣味でもある。

そんな草介の返答に千歳は軽く笑みを見せながらも、どこか屈託を残すような表情をした。

「……草介どの」

「はい？」

千歳の顔がさらに険しくなっている。草介は肩の袋を地面にいったん下ろした。

「父より話がありましたか？」

「芥川さまからですか？　いいえ、なにも伺っておりません」

そうですかと、千歳が思案げに首を傾げた。

「なにかございましたか」

千歳はすうっと息を吸い、静かに吐き出すと、草介を見据えた。

「こころして聞いてください。しばらく御薬園の薬草作りはせずともよいということになるやもしれないのです」

はあ、と草介が間の抜けた返事をする。

「おわかりになりませぬか？　薬草はいらぬということですよ」

草介はわずかに頬を引きつらせ、唸った。

「それは困りました」

「それだけですか？」

千歳が不満げに草介を窺う。

「まあ、お上がいらぬというのなら、詮方《せんかた》ありません。となると、いま植えてあるぶんは下げ渡しになるのでしょうか」

草介は軽く眉をひそめつつも、のんびりいった。

御薬園の薬草はそのほとんどが城へ献上されているが、御薬園内にある養生所や、町場へも分けることがある。この七月には、町の薬種問屋数軒に、御種人参の下げ渡しが決まっていた。

「いまある薬草の心配ではなく、草介どのは、その理由が気にならないのですか？」

千歳が焦《じ》れるようにいった。

「蘭方医が記した書物のせいなのですよ」

それには輸入薬の効能が詳しく述べられているという。そのため日本の薬品より異国のもののほうが優れていると思われ始めたらしいのだ。

「ははあ」

草介はもっともらしく腕を組む。

『薬品応手録《やくひんおうしゅろく》』という書物だと千歳がいった。

ああと、草介は手を打った。

阿蘭陀《オランダ》商館の医師シーボルトが記したものを、門人が訳したものだ。たしか、出版されてもう十年になるはずだった。だが、蘭学や西洋医学がますます盛んになり、これまで外科治療がほとんどだった蘭方医も、近頃は内科の診立てを行っていると聞く。それに身体を切開し、出来物を取り出すなどといった施術も確実に増えていた。

「となると、そういった施療に即した薬品は、やはり異国のもののほうが当然、合うということになるのでしょうねぇ」

「感心してどうするのです。ここは御薬園なのですよ。薬草を育て、生薬を作っているのです」

「はい、そのとおりです」

草介の反応が鈍いのはいまに始まったことではないが、今日の千歳はどうにもそれが気に染まぬようだ。

「異国の薬ばかり用いられるようになれば、ここはどうなるとお思いですか」

千歳が太い眉を引き締め、草介に顔を寄せてくる。千歳の髪油の香りに鼻をくすぐられ、後ずさりした草介は足元の麻袋につまずいた。

袋の口が開き、もあっと強烈な臭いが立ち上る。千歳が眉間に皺を寄せた。

「これは失礼しました」

草介はあわてて開いた口を閉じたが、袋からこぼれた一枚の葉をなにげなく手にした。

「千歳さまは、ドクダミの葉をじっくりとご覧になったことはおありですか？」

えっ、と千歳が眼をしばたたいた。

「ドクダミの葉脈は掌状脈といいましてね、一見、でたらめに伸びているように見えながらも、主脈に沿って美しい形を描いているのですよ。雑草などと呼んでおりますが、当の草花にはなんの罪もないのでまったく気の毒です。それにドクダミの葉の縁は赤紫色になったりもしまして……」

「草介どの！　講釈はべつの日にしてください」

千歳がぴしりといった。

「もう少し真剣にお考えくださいませ」

「はい」

「もしも御薬園が縮小されるようなことになれば、同心とて多くはいらぬと、お役を解かれるやもしれぬのです。ここには居られなくなるのですよ――わたくしに草花の講釈もできなくなります」

千歳が、はっとして口を噤《つぐ》み、もうけっこうですと、草介の脇をすり抜けた。

大股であっという間に去って行く千歳を見送りながら、草介はぽりぽりと額を掻いた。

二

天候は一向に好転の兆しが見えない。晴れ間がわずかに覗くと、いまが好機とばかりに畑へ、樹林へと向かうが、雨になると中断せざるを得なかった。しかたなく薬種所に園丁らも集まって、薬草を蒸したり、薬研を挽くなどといった作業をしていた。

草介は刈り取ったドクダミを同心長屋の軒先に吊るし干しにしていた。まずは軽く乾かしてから天日にさらし、再び日陰で乾燥させる。さすがに袋いっぱいの葉を干すのに三日かかった。

今朝方、東側の御薬園奉行役宅に、東西それぞれの御薬園同心四名が集められた。

長雨のため、しばらく草花の刈り取り、種蒔きを控え、すでに乾燥させた薬草のみ生薬とするよう申し渡された。

誰かの口からやはりというような呟きが洩れ、恐れながらと、東側御薬園に勤める年かさの同心が進み出た。

「植物には、植える時期、刈り取る時期がございますれば、ただ放っておくのはいかがなものかと」

東側御薬園奉行の岡田《おかだ》と、西側御薬園預かりの芥川が困惑げに顔を見合わせる。

「では、西洋薬を取り入れるために、御薬園縮小の風聞がたっておりますが、それはまことのことでありましょうか」

年かさの同心がさらにいった。

「それについてはなにも決まっておらぬ。初夏はあまり気温が上がらず、いまは長雨。草花の生育があまりよくないとの判断からだ。よけいな噂は気にせずともよい」

岡田はそういって、同心を見回した。

午後になると、雲が切れ、わずかに陽が覗いた。

草介はいそいそと乾いたむしろを広げ、ドクダミの葉を干し始めた。木刀を手にした千歳が庭へ出て来ると、草介にちらと視線を向けた。

「またドクダミですか……」

千歳は唇を曲げ、呆れ顔でいった。

「そのように茶ばかり作って、売り歩くおつもりですか」

「それは妙案ですね」

草介は素直に応えた。

「冗談と皮肉の区別もつきませぬか」

「あああ、申し訳ございません」

「謝らずともけっこうです。今朝、同心が東側御薬園の役宅に集められたそうですね」

「はい」

「なぜ、そのときにもっとお奉行さまやわたくしの父を質さなかったのです？　御薬園はどうなるのかと、なぜ不安を口にしなかったのですか？　東の同心だけだったそうではありませんか」

「ええ、はっきりとご意見を述べておられましたよ」

「まるで他人事《ひとごと》ですね。草介どのはもう少し、御薬園の仕事を真剣に考えているのかと思っておりましたが、どうやらわたくしの思い違いのようです」

千歳の鋭い視線を背に受けながら、草介は作業を続ける。

「やあ、ずいぶんお賑やかですな」

明るい声を上げ、御役屋敷の門を潜って来たのは小石川養生所の医師、河島仙寿《かわしませんじゅ》だ。

養生所は仕切り道沿いの東側御薬園内に設けられており、本道といわれる内科を診る漢方医三名と外科を診る蘭方医二名、眼科医が一名と、本道の見習い医師が六名いた。

河島は長崎で医術を学んだ蘭方医だ。

「千歳さまのお声が御役屋敷の外まで響いておりましたよ」

「これは地声です」

千歳が、さらに声を張り上げた。

「それはご無礼を申しました」

河島が白い歯を覗かせ、枡格子《ますごうし》柄の手拭いを巻いた頭を撫でた。

じつは河島の頭頂部には円形の脱毛がある。

西洋医学を認めない漢方医である父親との確執を抱えたままだった河島は、養生所の漢方医ともうまく交われず、その心痛が抜け毛となって表れてしまったのだ。

手拭いはもともと頭頂部の脱毛隠しのために巻いていたものだ。それが近頃では「手拭い先生」などと養生所の医師や入所者たちから呼ばれているらしく、河島もまんざらではなさそうにしている。

草介は河島へ髪によいとされる生薬入りの粥を勧めたが、いまだに続けているという話で、なにやらヒナ鳥の羽のような毛髪が生えてきたと喜んでいる。きっと河島自身の気持ちがゆったりとしてきたせいだろう。

草介は、河島へ向けて頭を下げた。

「水草さま、相変わらずご精が出ますね」

水草はひょろりとした体軀の草介の綽名だ。

「草介どのは、茶葉作りでお忙しいのですよ」

「ほう、茶葉ですか」

河島が鼻をひくつかせ、むしろの上の葉へ視線を落とした。

「お、ハウツイニア・コルダータですな」

「へ？　はうついにあ、こる、こる……」

「コルダータですよ。蘭学ではドクダミをそう呼ぶのですよ」

千歳が、またかという顔をする。長崎で蘭学、医術を学んだ河島は若干、知識をひけらかすところがあった。

もっとも千歳は河島に初めて会ったとき、「おんてんばある」といわれたことをいまだ根に持っているようではある。

阿蘭陀語で、お転婆の意なのだ。

「そのような長ったらしい名より、ドクダミでいいと思いますが」

千歳が口先を尖らせて、いった。

「ははは、まあそうですが、つい」

河島はぼんの窪に手をあて、笑った。多少、照れたふうを装ったのであろうが、まったくそうは見えない。草介も物事を敏感に察知する性質ではないが、河島もべつの意味で鈍感だ。

「ハウツイニアは名付け親の阿蘭陀人医師の名をもじったものです。コルダータはラテン語という西洋の古い言語でしてね、英吉利《イギリス》国の言葉ですとハルトです。つまり、ここ」

河島は自分の左胸を軽く叩く。

「心の臓のことですか？」

「そうです、そうです。ドクダミの葉は心の臓の形に似ているというわけです」

まあ、と千歳が眉をひそめた。

「そんなに不快な顔をなさらなくても。私も水草さまも、もちろん千歳さまもハルトを持っているのですから」

「なるほど、心の臓の形ですか」

草介は感慨深く頷いた。

「ところで河島先生、本日はなにかご用事で」

「そうそう、水草さまを誘いに来たのです」

「私を？」

「これから、いわしやという唐物《とうぶつ》問屋に行こうと思っているのです。私が懇意にしている店でしてね。長崎から新しい書物が届いたと昨日、使いが参りまして。日本橋のほうなのでお暇があればですが」

「あ……いや」

千歳の顔がさらに不機嫌になる。西洋薬のせいで御薬園の薬草が減らされるという噂の最中だ。蘭方医の河島の訪問すら、千歳は気に入らないはずだ。そこへ長崎の書物などとくれば、なにを口走るかと、恐る恐る草介は千歳を窺った。

「せっかくのお誘いですから、河島どのとご一緒されてはいかがですか？」

不意に千歳が微笑んだ。草介の腕がぷつりと粟立った。

「どうせお暇なのですから、ご随意に」

千歳がちくりと刺すような物言いをした。

「本日は水草さまへのお言葉が厳しいようですが、なにかございましたか？」

「いいえ、いつもと変わりませぬ」

「そうですか。いや、なにか変だな」

河島が訝しげに首を捻った。

「あの、ではお言葉に甘えさせていただきます。河島先生、参りましょう」

草介はまだなにかいいたげな河島の背を押した。そのようすを見た千歳が、木刀を上段に構えて、ひと息に振り下ろした。

三

本町三丁目にあるいわしやは、三間間口のこぢんまりとした店で、店先には紺地に『唐物問屋』と白く染め抜かれたのれんが下がっていた。

河島が店へ顔を覗かせると、帳場にいた番頭がすぐさま主の藤右衛門《とうえもん》を呼んだ。

「仙寿さま。早速のお運び恐れ入ります」

「こちらは御薬園同心の水上草介さまだ」

ああと、藤右衛門が相好《そうごう》を崩した。

「仙寿さまより、お噂はかねがね。本草を熟知なさっているお方と伺っております」

いえと、草介は大きく首を振る。

「御薬園勤めですから、おのずと多少は知れますが……」

「ははは、ご謙遜を。そこらの医者では及ばないと仙寿さまがおっしゃっています」

藤右衛門は肉付きのよい、少し赤みを帯びた顔に笑みを浮かべた。

番頭が数冊の書籍を抱えて来ると、河島は、食い入るようにして丁を繰り始めた。

ふだん唐物問屋などにはまったく縁のない草介は店内を見回しながら、しきりに感心していた。派手な模様の描かれた壺がいくつも置かれ、壁に設《しつら》えられた棚には色とりどりの硝子《ガラス》の器が並んでいた。

孔雀《くじやく》の羽やら、獣の皮の敷物などもある。

ふと、草介は帳場の近くに置かれている革張りの薬籠《やくろう》に似たものへ眼を留めた。

「ああ、それには蘭方医の使う道具が入っています。我が国でもこれらを模して、鍛冶職人や金物職人が作るようになりました」

「いろいろな形の物があるのですね」

河島が革張りの薬籠を開いた。

「これなどはカテエテルというもので、病人の体内へ入れて、薬を注入するのです」

「真鍮《しんちゆう》でできた管ですか」

草介はつぎつぎ手に取り、それらを物珍しげに眺めた。小刀状のものや、はさみにもさまざまな形がある。

「これまで治療できなかった病も蘭方の施術で治せるようになるのでしょうね」

そのとおりですと、河島は首肯した。

と、店の奥で大きな音がした。

「旦那さま」

番頭の悲鳴のような声が上がった。河島と草介が飛んでいくと、藤右衛門が廊下に座り込んでいた。

「ああ、大丈夫ですよ。陽気のせいでしょう。少々、のぼせてしまっただけです」

「どうでしょうか。少し顔色が悪い」

河島が藤右衛門の脈を取った。

「わずかに脈が乱れていますね」

頭が痛むか、あるいは腕や足がだるくなるようなことはあるかと、河島は次々に質した。

「さほどに感じたことはありませぬが。肩が重く、よく眠れぬことがございます」

河島の真剣な眼差しに、藤右衛門も心配げに声を震わせた。

「卒中に至るかもしれぬので、気をつけたほうがいいな」

「ひぃ、卒中！　親父も祖父もそうでした」

藤右衛門の赤かった顔が青くなる。

「長崎で手に入る薬がある。それを取り寄せるといい。あとで詳しく書いてやろう」

「かたじけのうございます」

「あのう……秘結《ひけつ》（便秘）はありますか」

草介が訊ねると、藤右衛門は訝しげに、はいと頷いた。

「のぼせは秘結からも起こりますゆえ、長崎から薬が届くまでの間、ドクダミ茶を飲むのもよいかと思いますよ。通じがよくなります」

ほうと、藤右衛門が眼を円くした。

「まるでお医者さまのようですな」

「とんでもないことですよ。私には病の診立てはできません。ただ病に効能のある生薬や方剤がわかるというだけですから」

「ならば、診立てができるようになればよいわけですな」

藤右衛門と河島が同時に頷き合った。

草介は、ふたりのようすに奇異なものを感じつつ、あいまいな笑みを浮かべた。


いわしや藤右衛門方をあとにして、筋違橋を渡りきると、河島が腹に手をあてた。

「夕餉には早すぎますが、なにか食べていきませんか」

本石町の時の鐘が聞こえてきた。夕七ツ（午後四時）を告げている。草介は空を見上げる。すでに陽が暮れかかっていた。

「たまには羽をのばしましょう。いつも御薬園にこもってばかりではないですか」

「……ですが、御薬園へ戻……」

「戻る途中に私がよく立ち寄る店があります。そこへ行きましょう」

草介の返事を待たず、河島は軽く笑うと、足を速めた。

広大な加賀藩上屋敷の前を抜け、駒込片町にある大円寺手前の店に入った。繁盛している料理屋らしく、河島は入れ込みのいちばん奥にいた客が出て行くのを目ざとく見つけ、さっさと上がり込むと、小女を呼び、酒と料理を頼んだ。

「こういう店は初めてですか」

「はあ。酒も呑みませんので」

草介は身を強張らせ、眼だけくるくる回し、あたりを窺う。人の話し声や笑い声が妙に騒々しく耳に響いた。

「水草さま。私がなにゆえ、いわしやにお誘いしたか、おわかりになりますか？」

草介は、眼をしばたたいた。

「西洋の医術道具はどう思われました？」

「ええ、とても素晴らしいと思いました。こんなにも医術は進んでいるのだと目《ま》の当たりにした気分でした」

「そういっていただけると思いました」

「はあ。ですがそのことと、此度の誘いがどう結びつくのか、さっぱり」

草介は首を傾げた。

「医術を学んではどうかなと」

「は？　誰がです」

「おそらく本草の知識からいえば、養生所の先生方と肩を並べてもおかしくない。口惜しいというか、歯痒《はがゆ》いといいますか、周囲の方々も、ご自身も自分の才にまったく気づいていない」

草介はぽかんと口を半開きにした。

「いまのまま、草花の世話だけをするような日々で満足ですか？」

「え？　その、考えたことも……」

ああ、と河島がすすけた天井に顔を向け、大げさにいった。

「もったいない。じつにもったいないないですよ。水草さまが蘭方を学んだら、それこそ漢方と両方用いた診立てができます」

「まさか私が、医者……？」

草介がようやく気づいたとき、料理が運ばれてきた。河島はさっそく猪口《ちょこ》に酒を注いだ。

「いわしやの藤右衛門は、長崎に知人が大勢おります。以前から水草さまの力になりたいといっていますよ」

「力……？」

河島は憮然とした表情を向けた。

「本草以外のことになると、まことにうといですねぇ。力になるとは、金を融通するという意味ですよ」

「あのその……いわしやの主には今日、初めて会ったばかりですよ」

草介はあわてていった。

河島が、はははと笑う。

「私がさんざん吹き込みましたからね。しかし、藤右衛門には申し訳ないが、今日のことで水草さまの株はさらに上がったはずです」

「そんな……」

「長崎ですよ。長崎で蘭学を学び、医術を学べるのです」

長崎……草介は呟いた。港には阿蘭陀船が停泊し、異人が歩く町。江戸よりも温暖な気候で植物もさまざま違うのだろうと、見たこともない西国の風景をぼんやり思い描いた。

「聞くところによると、御薬園が縮小されるという噂があるようですね」

はっきりと決まったわけではないようですがと、草介はナスの煮浸しに箸をつけた。

「東の御薬園同心が薬を納めに来た際、そのようなことを洩らしておりましたのでね」

猪口を傾けながら、河島がいった。

「男子として志を高く持つのは恥ずべきことではありません。むしろそうあるべきだと私は考えます。水草さまほどの才があれば、きっと医者として、名を成すと私は思います」

御薬園同心のままでは、つまらぬと思いませんかと、河島は強い口調でいった。

「まあ、お返事を急かすつもりはございませんが、ひとつお考えになってください」

御薬園近くの旗本屋敷の地所を借りて住む河島と別れたときには、五ツ（午後八時）近くになっていた。夕刻から怪しい雲行きであったが、御薬園までわずかという坂道まで来ると、いきなり強い降りに見舞われた。

草介は急ぎ坂を下り、御薬園に戻ったが、不意に若芽が伸び始めたばかりの薬草を思い出した。

途中、養生所に寄り、むしろとがんどう提灯を借り受け、薬草畑に向かった。雨を身体に受けながら、

「御薬園同心のままでは、つまらぬ……」

頭をよぎったのは河島の言葉だった。

畑に杭を打ちこみ、若い芽を守るようにむしろを被せ、細縄で結びつけた。

これは、つまらぬことなのだろうか。

志とは、名を成すことだろうか……草介はぼうっと考えつつ、がんどう提灯を手に取った。

頼りない灯りの先に、激しい雨に打たれながらも必死に耐えるドクダミが見えた。十字の花が白く輝いていていた。

草介は雨の中で頰をふと緩め、一歩踏み出した。が、ぐっしょりと雨を含んだ袴に足を取られ、その場に思い切り転がった。

四

二日たっても、右足首の痛みが取れず、今朝になってようやく草介は河島の治療を受けた。骨は無事だったが、腫れが引くまで膏薬《こうやく》を貼り、長屋で安静にしていることになった。

むろん薬園を巡ることもかなわず、御薬園預かりの芥川の許しを得て、年長の同心に仕事を代わってもらった。

さらしを巻いた右足を伸ばしたまま、長屋の縁側に腰掛け、草介は溜め込んだ押し葉の整理をしていた。

乾燥させた押し葉を一枚一枚、手にとって分ける。昨年、押し葉にしたイチョウや、カエデの葉は色も葉脈も鮮やかに残っている。

草介は葉の形状と、葉脈の特徴で分類していた。御薬園には約四百五十種の植物がある。まだそれにはほど遠いと、ため息を吐いた。

書籍の間に挟んであったドクダミの葉はまだ半乾きの状態だった。

「心の臓の形か……心の形だな」

草介が呟いたとき、長屋の脇をこちらへ向かって歩いてくる音が聞こえた。

あの足の運びは千歳だろうと、草介は顔を上げた。はたして千歳が庭先へ姿を現した。

「足の具合はいかがですか？」

千歳は少し顔を強張らせながらいった。

「はあ、おかげさまで」

「数日前、河島どのにお会いしました。よくよく考えれば、私もよい選択だと思います」

草介は眼をしばたたいた。

「なんのことです？」

「おとぼけにならずともよろしいのですよ。きっと父も背を押してくれるはずです」

「ええ、と」

「長崎へ行き、医者になられると……」

「ああ、それは……」

草介は口ごもる。

「よいのです。草介どののような逸材を御薬園だけにとどめておくのは、世の中にとって損だと河島どのは熱心におっしゃいました。わたくし、初めて河島どののいうことがもっともだと思いました」

「あのぉ、お待ちください、千歳さま」

「河島どのはさらに申しておりました。いくらでも日なたに出て行けるお方なのに、日陰に咲くドクダミにしてもよいのかと。草介どのは草花が好きで、ここにいることに不満はないと思っておりました。わたくしが、間違っておりました。草介どのの才を活かすのはここではありませぬ。河島どののほうがよほど草介どののことをお考えになっています」

千歳は肩を震わせて、早口にいい募る。

「……千歳さま、私は」

「ですから、草介どのの望むことをおやりになるほうがよいのです。それだけを伝えに参りました」

すばやく踵を返した千歳の背へ向け、草介はいった。

「河島先生へは、今朝……お断りしました」

千歳が振り返る。

「日なたとか日陰とか私はそのようにまったく考えておりません。日なたで美しく咲く花にも、日陰でひっそり咲く花にも、それぞれの役割と、生きる意味がきちんとあるのです。日なたばかりではまぶしすぎます。日陰ばかりでは暗すぎます。両方あるからどちらも引き立つ、そうは思いませんか」

それにと、草介はドクダミの葉に眼を落とした。

「私は草花が好きです。草花には人を癒し、救ってくれる力がある。その不思議を私は知りたいと思っています。それが私の望みです。のんきな水草でも、ここにいるから、私は私の心のままにいられるのですよ。千歳さまのほうが、私をわかっていらっしゃる」

千歳が唇を引き結んで、面を伏せる。

雲の上で、低い音が轟《とどろ》いた。

「ああ、遠雷です。ようやく梅雨明けですね」

草介は鉛色の空を見上げると、千歳へにっこりと笑いかけた。

「芥川さまがいっておられました。栽培を控えていたのは御薬園の縮小ではなく、西洋で使われている薬草の種を増やすからだとか。私の楽しみがもっと増えそうです」

千歳が顔を上げ、大きな瞳を草介へ真っ直ぐに向けた。

「今なら許します」

草介は首を傾げる。

「先日の続きを……ドクダミの講釈を聞いて差し上げます」

「それは、かたじけのうございます」

せっかくですから、ドクダミ茶を煎じましょうと、草介が立ち上がりかけたとき、足に痛みが走り、思わず顔をしかめた。

「武士たるものが打ち身くらいで大袈裟な」

草介を睨《ね》めつけながらも千歳の口元には安堵の笑みが広がっていた。

草介は肩をすくめ、足を撫でる。

「茶は、わたくしが淹れましょう」

千歳の黒髪が軽やかに揺れた。

蓮《れん》子《し》

一

梅雨が過ぎ、小石川御薬園《こいしかわおやくえん》にも強い陽射しが戻ってきた。

春から夏にかけての御薬園は、約四万五千坪に及ぶ広大な敷地すべてが、鮮やかだ。

御薬園同心の水上草介《みなかみそうすけ》は、御役屋敷の横にある池畔に咲く花菖蒲《はなしょうぶ》を眺め、蓮の葉に乗っていた蛙《かわず》と戯れながら昼餉を終え、いまは、カリンの樹林の奥にそびえるマンサクの幹にのんびりと背を預けていた。

蒸し暑さが嘘のように、ここは涼しく、快適だった。マンサクの葉がこんもりと茂り、木漏れ陽が地面に光の模様を描いている。

葉も皆、艶やかに輝いていた。緑という色は、淡い色から濃い色までじつにさまざまだ。

葉の蒐集を趣味としている草介は、この時期の緑色の豊かさが、たまらなく好きだった。

心を穏やかにしてくれる色だ。

と、遠くで誰かを呼ぶ声がしていた。はっきりとは聞き取れないが、しだいに声が近づいて来る。

草介ははっとして身を起こした。一瞬、自分がどこにいるのか、昼夜さえわからなくなっていた。あわててあたりを見回す。マンサクの木の下だ。

どうやら幹に寄りかかったまま、うたたねしてしまったらしい。

草を踏む音がして、

「やあ、ようやく見つけましたぞ」

深い息をひとつ吐いて、男がまるで隠れ鬼のように顔を覗かせた。白髪頭で肉付きのよい四角ばった顔つきをした初老の男で、商家の主といったふうである。

うーんと、草介は相手に気取《けど》られぬように記憶の隅を探る。男は手拭いを出し、首筋の汗をしきりにぬぐいながらいった。

「御薬園は広うございますなぁ。薬草畑やら林の中やら、水上さまの居所をあちこちで伺いながら、お捜しいたしました」

「それは失礼しました」

草介は立ち上がり、尻の土を払う。

「いえいえ。それから最後の最後に御役屋敷の前で、若衆髷を結ったりりしい姿の……あのお方ですね、御薬園預かりの芥川《あくたがわ》さまのご息女は。そのお方にお会いいたしまして」

「はあ」

千歳《ちとせ》のことだ。

「しかし、聞くと見るとは大違いですなぁ。女子の剣術遣いと伺っておりましたものですから、山猿のような方かと思うておりました。いやはや、凛《りん》としたなかにも、可憐さと気品があり、太い眉が、お顔をきりっと引き締めていらっしゃった。お美しい方ですなぁ」

へっと草介は眼をしばたたく。聞いているこちらが気恥ずかしくなるような、褒め言葉の羅列だ。それでも、まったく悪い気がしないのが、草介は不思議に思えた。それにしても、人にはさまざまな見方があるものだと妙に感心した。

「その方が、きっとこのような陽気の日は、マンサクの木の下でお休みしているだろうと、お教えくださったのです」

「ははあ」

そう応えたものの、にこにこと相好を崩した眼前の男が、いまだに何者なのか草介は思い出せない。草花の名はすぐ頭に入るが、人の顔やら名を覚えるのは、どうも苦手だった。

「ああ、それと、いつぞやはまことにお世話になり、かたじけのうございました。おかげさまでドクダミ茶を飲むようになりましてから、通じがよくなり、のぼせも目眩もずいぶん減りましたよ」

男は嬉しげにいって、白髪頭を垂れた。

草介はようやく心のうちで、手を打った。

日本橋にある唐物《とうぶつ》問屋いわしやの主、藤右衛門《とうえもん》だ。

御薬園内に設けられている小石川養生所の医師、河島仙寿《かわしませんじゅ》と懇意にしている者だった。

ああと、草介は得心した。

千歳を、お転婆と評した河島だ。藤右衛門が千歳の姿を見て、聞くのとは大違いだといったこともうなずけた。

草介は梅雨の終わりごろ河島に連れられ、いわしやまで出向いたことがあった。その際、秘結がちだという藤右衛門にドクダミ茶を勧めたのだ。

と、藤右衛門が大きな顔にそぐわない細い眉を曇らせた。

「私はねぇ、水上さま。まことに長崎で蘭方医術を学んでいただきたいと思っていたのですよ。仙寿さまより、そのおつもりがないと聞かされ、飯が三日も喉を通らないほどがっかりいたしました」

草介は苦笑した。河島がどれだけ話を膨らませたのかは知らないが、藤右衛門は、草介を長崎へ遊学させたいと思っていたらしい。

もとより河島もそれと承知で草介を藤右衛門に引き合わせたのだ。だが、当の草介は寝耳に水どころか、医者になるなど考えたことすらない。

「たいへん、ありがたいお話でしたが、ここで学ぶべきことがまだまだあると考えておりますゆえ、お断りさせていただきました」

申し訳ございませんと、草介は丁寧に腰を折る。

「ああ、お武家さまにそのような真似をされては、困ります」

藤右衛門があわてて手を振りながら、この謙虚さがまた、よろしいと、感慨深げに頷いた。

「あの、それでいわしやさん……本日は」

「そうでした、そうでした。じつは水上さまにお願いがあって参ったのでございますよ」

急に神妙な顔になる。

まさかまた蘭方医術の件ではなかろうかと、草介は身を強張らせた。

「漢方を用いた菓子を作っていただきたいのでございます」

藤右衛門が目元に力を込めて、いった。

二

藤右衛門の姪《めい》、おたよは外神田にある万福屋《まんぷくや》という菓子屋に嫁いで四年。その亭主、つまり万福屋の主である国太郎《くにたろう》が、ここ一年ばかり、新しい菓子作りに励んでおり、それが、漢方で用いる生薬を混ぜた薬草菓子だというのだ。

ときおり試作の菓子が届くのだが、藤右衛門にいわせると、なにやら毎回、珍妙な味だという。一度、落雁《らくがん》に御種人参の粉末とショウガを混ぜ、甘味と辛味が交互に出てくるという奇天烈《きてれつ》な菓子を作った。それ以来、いわしやの小僧は、国太郎の菓子が届くと、眉間に皺を寄せ、真剣な面持ちで、一息に頬張るという。子どもが身構えながら食う菓子というのも不思議なものだと草介は思う。

だが、そのため、薬種問屋からの掛取《かけと》りはかさみ、近頃では、藤右衛門の店で西洋薬まで取り寄せるようになった。そのうえ、かすていらを模した菓子を作るのだと、引き釜という特別なかまどをあつらえるために長崎から職人まで呼んだという。

おかげで店は火の車。

先代、先々代が蓄えた銭も残らずはたいてしまったらしい。

藤右衛門がいくら意見しても、国太郎は聞く耳を持たない。

「妙な自尊心ばかりが強い男で」

藤右衛門もいささか立腹気味にいった。

そのうえ、もうあきらめてほしいといった女房のおたよへ、出て行けと怒鳴ったというのだ。

万福屋を追い出された母子は藤右衛門のところにもうひと月、居候している。しかし、もともと身体の丈夫でないおたよは心労も重なり臥せりがちで、いたずら盛りの子も母親を気遣ってか、元気がない。

その姿が不憫《ふびん》でと、藤右衛門は洟《はな》をすすりあげた。

「漢方を使った菓子、というものですから、水上さまのお知恵を拝借できればと思ったのです」

ほとほと困り果てた顔で藤右衛門はいった。

夫婦仲を戻すには、やはり菓子の完成がいちばんだと、考えたのだろう。

話を終えた藤右衛門は、深々と頭を垂れて、帰って行った。

早朝に刈った薬草を乾薬場に干し終えた草介は、御役屋敷の裏手にある井戸で、絞った手拭いを首筋に当てた。井戸水に浸した手拭いはひんやりして心地よく、身体から噴き出た汗がいっぺんに引いていく。

草介は、ぼんやりと晴れた空を仰ぎながら、うーむと、ひとつ唸って、つるべを引き、水を汲《く》み上げた。

「あの男が、例の長崎話のいわしや藤右衛門ですか」

いきなり背に声をかけられ、草介はつるべから手を離した。井戸の底で水音が上がる。

「相変わらず、背後は隙だらけですね」

稽古着姿の千歳が呆れ顔で立っていた。

草介は、ぽりぽりと額を掻く。

じりじりと照りつける午後の陽射しに、御役屋敷の瓦《かわら》が銀色の波のようにきらめいている。

「その、藤右衛門の姪が嫁いでいる菓子屋が薬入りの珍しい菓子を作りたいと」

庭でいつものように威勢よく木刀を振り始めた千歳がいった。その傍らで、草介は乾いた薬草の葉と茎とを分けていた。

「ええ、そうです。万福屋という外神田にある店だと聞きました」

「万福屋、ですか?」

千歳が太い眉をぴくりと上げた。草介は肩をすくめ、直感で身構える。あきらかに不愉快そうな表情をしている。

「わたくしの通う共成館の師範は、その店のおまんじゅうが大の好物で、以前から贔屓《ひいき》にしております」

「はあ、それは奇遇ですね」

砂糖をたっぷり使った甘い小豆餡《あずきあん》が自慢で、しかも、その餡が透けて見えるほどの薄皮まんじゅうだと、千歳がいった。

「小さめで、女子でも一口で食べてしまえるほどの可愛らしい物です」

店名を取って『万福まんじゅう』。

そのまんじゅう一品だけで、三代続いている店だというのだ。

「もともと、昼までには売り切れてしまうほどの人気でした――けれど」

近頃は数に限りがあり、ひとり五つまでしか購入できないのだと、千歳は眉をひそめた。

「万福屋がそうしているのですか」

「そうです。そうして、特別なもののような価値をつけて売っているのです」

はあ、なるほどと、草介はいった。間延びした返答に、千歳が厳しい視線を放つ。

「なにを感心なさっておいでですか。人の好さそうな男が、愛想よく売っているのですけど、そのように数を限ることで、客の買わねばという気持ちを煽っているのです。まんじゅうそのものはなにも変わっていないのに、さらに評判が上がっています。師範はときおり、門弟を数人、遣わして購っています」

千歳が木刀を握る手に力を込めた。

「店に騙されているようで腹が立ちます」

「い、いや、騙すつもりはないでしょう。それも、商いですから」

草介は千歳をなだめるふうにいった。

「だとしても、そんな商法をわたくしは認めませぬ。どんなに評判になろうとも、生涯、万福屋のまんじゅうは買いません」

そういい放つと、千歳は木刀を上段に構え、えいっと気合を込め、振り下ろした。

千歳は憤慨しているが、国太郎が新しい菓子作りへ銭をつぎ込んでしまっているせいで、肝心の『万福まんじゅう』を作りたくても作れないのだろう。数に限りをつけて売るという苦しまぎれの策が、逆に評判となっているのはなんとも皮肉なものだ。

「それで、引き受けたのですか？」

千歳が唐突に問いかけてきた。

「ええ……長崎での医学修業のお話も、お断りしてしまいましたし」

「それは、あの唐物問屋と養生所の河島仙寿のふたりが勝手に決めていただけではありませんか」

千歳が口元を曲げる。

「まあ、そうなのですけどね……でも薬草、生薬を使った菓子ということですから、私でも多少はお役に立てるかなと、思いまして」

　もっとも、なにが合うかを助言するていどですがと、草介は付け加えた。

「薬入りの菓子など、考えただけで口中に苦味が広がる気がします」

「いえいえ、薬と構えるからですよ。大きく考えれば口に入るものは皆、身体の源となる薬といえるのです。清国の古い書物では、薬を三つに分けた考え方がありましてね」

　第一に身体を養い、健康を増進させる薬、第二は身体の弱いところを強くする、あるいは予防のために用いる薬、第三は、病を治すために用いる薬、とされている。本草の基礎となる考え方だった。

「これは食物にもあてはまることだと私は思っています。人は食さなければ生きていけません。でも食べ過ぎたり、ひとつのものだけを食べ続けたりするのはよくありません。さまざまな食べ物を正しく、つりあいを考えながら摂《と》ることが身体にとっての良薬となります」

　千歳は軽く腕を組み、小首を傾げた。

「それは……薬も食も同じ、身体の源を作るためだということですか」

　はいと、草介はにっこり笑った。

　と、千歳が思案げに口を開いた。

「でも、万福屋が作りたいのは薬を使った菓子ですよね、そのようなものが……」

「京菓子には、それこそ九種もの生薬を混ぜいれた仙菓《せんか》と呼ばれるものもあります。身近なところでは、餡になる小豆でも、いいんです。炎症を抑え、むくみなどを取り去ります」

千歳があっと小さく声を洩らした。

「では、ニッキ飴《あめ》もそうですか？」

「ニッキは肉桂のことですからね。桂皮という生薬になります。葛根湯に用いる葛《くず》もありますよ」

「ああ、葛餅や葛湯」

「葛の根は、解熱や鎮痛などに効能があって、さまざまな生薬と組み合わされて方剤となっています」

千歳はしきりに頷いている。

「異国では焼き菓子に風味づけとして肉豆蔻《にくずく》（ナツメグ）を使うそうですしね。清国は餡の中にクコやナツメを混ぜたりしますよ」

「気にしておりませんでしたが、身の回りにあるものなのですね」

ただ、と草介は額に指をあてた。

「難しいのはそこです。薬草入り菓子だというのが、売り文句にならなければいけないわけですから……小豆やニッキでは、ありきたりすぎます」

　ぐっと千歳が身を寄せて来た。

「わたくしもお手伝いいたしましょう」

「は？　菓子や料理に興味がおありですか」

　千歳が不敵な笑みを浮かべた。

「先日、体調を崩した父のために料理を作って差し上げました」

　ふと草介の背に悪寒が走る。

「それはもしや、茶碗蒸しでは……」

　草介は恐る恐る訊ねた。千歳の父、芥川小野寺《おのじ》が梅雨の最中、寝込んだことがあった。熱は下がったが、念のため胃の腑の薬を作ってくれと頼まれたのだ。じつは恐ろしい味の茶碗蒸しを食べたと、草介に洩らした。

「なぜご存じなのですか？　ああ、父が申したのですね。息もつかず、あっという間にたいらげてくださいました。よほど気に入ったのでしょう。精の付くものを手当たり次第に入れて、甘い出汁で蒸し上げました」

　娘の手作りだ。芥川も必死だったのだろう。出汁が足りないため、三日ほったらかしにした羊羹《ようかん》のような食感のうえ、具が多すぎて、なにを食しているのか見当もつかなかったらしい。それでも食べ切ったのだから親というのは立派だ。

「あのう、ご自分では、召しあがらなかったのですか？」

千歳が口を曲げ、

「わたくし、蒸し物は苦手で」

あっさりいい放った。でも、菓子の材料を考えるなど、楽しそうではありませんかと、期待に満ちた眼を草介へ向けた。

三

翌日、草介は御役屋敷内にある薬種所で百味簞笥《ひゃくみだんす》の前に座り、唸っていた。傍らに置いた風呂敷包みには、千歳が芥川家の家士を遣わせて江戸中から買い集めた菓子が入っている。一本四文の団子から、一竿《ひとさお》一両もする羊羹まで、さまざまだ。

千歳は、羊羹に山椒《さんしょう》をまぶして、あまりにひどい味だと、ひとりで腹を立て、道場へ出掛けてしまった。案の定とは思いつつ、草介は、さまざまな生薬を煎じ、餅菓子に練りこんだ。味がぼやけてぱっとしない。

「ふつうに食ったほうがうまいですよ」

生薬の精製役の荒子《あらしこ》も苦笑いだ。

「実などはどうですか。混ぜるか、そのまま餡にできるものもありますから」

「なるほど、実かぁ」

草介がふむと腕を組んだとき、薬種所の扉が勢いよく開かれた。草介をみとめた若い園丁が転げるように入って来る。

「ああ、水草さま、た、大変です」

「どうした。そのように血相を変えて」

園丁は、いったん息を呑み込んだ。

「どうしたもこうしたもあるもんですか、大変なんです。殴り込みです」

「はあ、それは物騒な」

若い園丁の顔が一瞬、呆《ほう》けたようになる。

「なんでそうのんきなんです」

園丁は唾を飛ばしてまくし立てた。歳は三十路《みそじ》ほど。六尺（約百八十センチメートル）近い背丈に、三十貫（約百十二キログラム）近くあろうという巨体。腕も丸太のように太く、鬼瓦のようないかつい顔で、蓬髪《ほうはつ》を無造作に束ねた男が乗り込んできたというのだ。

「そいつが、御薬園同心の水上草介を出せって怒鳴っているんです」

「わわわ、それは大変だ」

「だから、大変だといっているでしょう。いま、園丁頭が押しとどめていますが……ともかく一緒に来てくだせぇ」

草介は園丁とともに薬種所を出た。御役屋敷の庭へ出ようとしたところで、若い園丁が足を止め、あわてて草介の袖を引いた。

「ほら、あいつですよ。知ってますか」

すでに園丁頭が御役屋敷まで男を連れて来ていた。

乾薬場の横に置かれている腰掛に座っていてもかなりの巨軀だということが見て取れる。

園丁頭が懸命に話しかけているが、男は不機嫌そうに口を引き結んだままだ。

「まったく見覚えがないなぁ」

「でも、相手は水草さまのことを知っているから来たんですよ。水上草介って名指しで」

ふと園丁が妙な顔をした。

「そういえば、水草さまの苗字は水上でしたね、いま思い出した」

ははは、と草介は乾いた笑いを洩らした。

「あんな大男相手に、恨まれるような真似をしたんですかい？」

草介は強く首を振る。

「なんにせよ、私が出て行くしかないのだろうなぁ」

「養生所へひとっ走り行きましょうか。お見廻り方同心をどなたか呼んできたほうが」

御薬園内にある養生所には町奉行所から与力と同心が派遣されてきている。

「それではご迷惑がかかる」

「千歳さまは道場でしたよね」

ここでなぜ千歳なのだと、草介は園丁を軽く横目で睨んで、ままよと、庭へ出た。

「私が御薬園同心の水上――」

いい終わらぬうちに、弾かれたように男が立ち上がった。園丁頭を押しのけ、ものすごい勢いで駆け寄って来る。

熊か。一瞬、錯覚に陥った草介は気を失いかけた。

「あんたが水上草介か。いわしやになにを吹き込まれたか知らねえが、よけいなお節介はこちとら御免被《こうむ》るぜ」

だみ声が上から降ってきた。

「あ、あの、どちらさまで」

草介は身を硬直させたまま、男を見上げ、やっとの思いでいった。

「おれは、万福屋国太郎だ」

国太郎は草介を見据え、鼻息荒くいった。

千歳のいっていた愛想のいい男は主ではなかったのだ。だとしても万福屋国太郎が強《こわ》面《も》の大男だとは思いも寄らなかった。

御役屋敷の広縁に胡坐《あぐら》をかいた国太郎は、ふんと口元を歪めた。

「店に出てるのは、うちの奉公人だ。おれみてぇなのが店先に出ちゃ、客が寄り付かなくなるからな。あいつは看板男だ」

「はあ、看板男とは珍しい」

「伊達《だて》や酔狂でやってるんじゃねえ」

国太郎に怒鳴られ、草介は肩をすくませた。

「あんたは本草にかけちゃ、そこらの医者より、すげぇと聞いた。けどな、これはてめえの手で作らなきゃ意味がねえんだ」

黒々とした眉を寄せ、国太郎が草介を睨んだ。

「それはわかりますが、助言ぐらいは……」

「いらねぇといってるんだ。先代の死んだ親父は、ただ店を守るだけで精一杯だったが、いつまでも祖父《じい》さんの作ったまんじゅうにおんぶに抱っこじゃ情けねえ。おれには万福屋三代目としての意地がある」

「ですが、どうして薬入りでなければいけないんでしょうか」

草介はおずおず訊ねた。

どうしてって……国太郎が視線を宙に泳がせた。

「あんたの知ったこっちゃねえ。薬が入って、身体にいい菓子って触れ込みなら、売れると思っただけだ。それじゃあ、いけねえか」

いいえと、草介は思い切り首を振る。

「じつは、あらかたできたんだ。だからあんたの力は借りねえ。それをいいに来たんだよ」

国太郎が、紙に包んだかすていらの出来損ないのような菓子を出した。なにが入っているのか、独特の色合いをしている。

「試しに食ってくれ」

草介は、いびつな形をした菓子を取った。見た目よりも、柔らかい。茶とも、緑ともつかない色のわりには、香りも悪くない。

しかし油断は禁物だ。子どももためらう国太郎の菓子だ。

草介はひと呼吸整えてから、一口齧《かじ》った。

さまざまな味が、口中に広がる。苦味、甘味、辛味……どの味も主張してくる。さすがは菓子職人といえなくもないが、どの味を楽しんでいいのか首を傾げてしまう。珍味としてはいいが、菓子としてはどうだろうか。

「これにはなにが入っているのです？」

国太郎が、むすっとした顔で、次々と生薬名を挙げた。人参、附子《ぶし》、当帰《とうき》、地黄《じおう》、川《せん》芎《きゆう》、芍薬《しやくやく》などなど、だ。

「薬を煎じて、生地に練りこんだのですね」

「そうよ。これだけ入ってりゃ、十分だろうぜ。あとは形をきれいにするだけだ。こんなかすていらは長崎にもねえぜ。どうだい、御薬園同心さんよ」

国太郎は、草介を睨めつけながら、自信たっぷりにいった。

草介は、残った菓子を紙の上に戻すと、息を深々と吸い、国太郎へ真っ直ぐ眼を向けた。

「お話になりません」

国太郎が、眼を剝き、片膝を立てた。いまにも襟首をつかまれそうな勢いだ。それでも、必死に国太郎を見つめ、草介は静かに口を開いた。

「生薬にはそれぞれの性質《たち》があります。各々つりあいを取って初めて、薬になります。匙加減が肝心なのです。ましてや、たくさん入れれば身体にいいというわけではありません。むしろ毒にもなります」

草介は冷や汗をかきつつ、さらに続けた。

「いいものだから、高価なものだから、みんな突っ込めばいいと思ったら大間違いです。皆を喜ばせるのが菓子ではないですか。これには国太郎さんの意地しか詰まっていない」

国太郎がむうと、唸る。

「……おたよさんのためですか？」

「なにをいいやがる」

「国太郎さんが取り入れている生薬は、ほとんどが強壮、滋養と、女性の病のために用いるものばかりだからです」

国太郎の顔がみるみる膨れ上がる。

草介の心の臓がきゅっと縮み上がったとき、

「草介どの、ご無事ですか」

千歳の鋭い声が飛んだ。

走り寄って来る千歳へ眼を向けた国太郎の表情が驚愕に変わった。

「あら、熊さんじゃないですか」

千歳が、眼をしばたたいた。

国太郎は、広縁から転げるように下りると、千歳の足元に平伏した。

四

まだ、薄くもやのかかる早朝の御薬園を草介は、ゆっくりと歩いていた。

昨晩は、本草書を読んでいるうち、とうとう夜明かししてしまい、鳥のさえずりに誘われ、朝の散歩へ出てきたのだ。

先日の御役屋敷の光景を草介は思い返していた。国太郎はむろん、千歳もまた驚きを隠せなかったようだ。

国太郎は、道場へときおり現れては掃除をしたり、稽古をして帰る。千歳も二度ほど、相手をしたことがあるといった。

「以前、喧嘩《けんか》の仲裁をしてやった。乱暴者だから、態だ」

師範はそう告げただけで、万福屋の主だとは一言もいわなかった。

道場通いは、「性根を正すため」だったらしいが、まだまだ足りねえですと、千歳の前にかしこまった国太郎は自嘲《じちょう》気味にいった。

それから、大きな身体を丸め、国太郎がぽつぽつ話し始めた。

国太郎は、短気で気も荒く、おたよと所帯を持ってからも、あちらこちらで揉め事を起こしていた。だが、共成館の師範に諭され、子も生まれ、ようやく家業にも身が入り始めたときだ。

「魔が差すってんですかね。昔の悪仲間に誘われて、酒を呑みに行ったんでさ。おれはもうお前らとは違うっていいたかったんでしょうね」

しかし、その図体でまんじゅう屋かとからかわれ、ついかっとなった国太郎は、数人相手に喧嘩となり、刃物を抜いたひとりに右手を斬られた。

「おたよが、血だらけの右手を頰に当てて、いってくれたんでさ。この大きくて柔らかい手は、小さなまんじゅうを包み込んで作るための手だって。人を傷つけるための手じゃない。人を喜ばせることのできる手だと」

国太郎は、まだ傷痕がうすく残る自分の分厚い手をじっと眺めた。

「万福屋の新しい名物をおれが作ると、そんとき思ったんでさ。けど、幾度試みてもうまくいかねえ。おたよに諦めろっていわれたとき、なんでおれの気持ちがわからねえんだって自棄《やけ》になって。ほんとは、うまい菓子作って、いちばん喜ばせてやりたいおたよに出て行けなんぞ……いっちまった」

大馬鹿者でさぁと、国太郎は頭《かぶり》を振った。

「あいつは身体が弱《よえ》えのに、子も産んでくれた。休む間もなく働いてくれたんでさぁ。もうおれに、愛想をつかしてるかもしれません。いくら菓子ができても、勝手ばかりやってきちまった。優しい言葉もかけたことがねえから、いまさら戻ってくれともいいづれえし……」

口ごもる国太郎へ、千歳の言葉が飛んだ。

「そんな立派な身体をしてうじうじと。菓子を作りたいのでしょう。しゃんとなさいませ」

国太郎と、なぜか草介までもが、身を縮めた。

藤右衛門の話だと、国太郎の女房は決して愛想をつかしてなどいない。だが、草介がそれを口にするのは間違いだ。国太郎自身が、自分の気持ちをはっきり伝えるべきだ。はて、それにはどうすればよいか……。

やはり薬子しかないかと、草介が薬草畑へ向かいながら、大あくびをした瞬間だった。

ぽんと、ひそやかな音が耳に届いた。

草介は、はっとして踵を返した。御役屋敷の横に広がる池へと急いで足を運ぶ。草むらの中で蛙が鳴いている。何匹いるやら、下手な義太夫語りのような低い声が重なり合い、騒がしい。そんな鳴き声の中で再び、

「ぽん」

軽やかだが、今度ははっきりと響いた。

池の水面は、円い蓮の葉で半分ほど覆われている。その葉の間からは、蕾がいくつも覗いている。

草介の眼前で蕾が開いた。蓮は開花するときに、音をたてるといわれている。が、それは朝、目覚めた鯉が水面で息を吸う音だとか、蛙が水に飛び込んだときにたてる音を開花音と勘違いしたものらしい。

草介の口元が自然と緩んでいた。

朝の光が強くなり、もやが少しずつ晴れていく。今日も暑くなりそうだった。

昼餉を済ませた草介は、マンサクの木に向かっていた。

腰の植木ばさみを揺らしながら、カリンの樹林に入る。降るような蟬時雨《せみしぐれ》を浴びながら、垂れ下がるマンサクの枝を分けると、すでに幹に背をもたせて、休んでいる者がいた。

草介は、ぎょっとして後ずさる。

「なにを焦っておいでですか。わたくしです」

千歳が腕をゆっくり伸ばし深呼吸をする。

「樹木の持つ気が、身体の中に満ちてくるようです。草介どのは、こんなによいところで、いつも涼んでいたのですね」

「ああ、すみません」

「構いません。それより」

千歳が傍らに置いていた紙包みを開いて、草介に差し出した。まんじゅうだ。

「熊……ではなく国太郎夫婦が、道場に届けに来たのです。新しいまんじゅうができたと」

でも、あの大きな身体で、小さなまんじゅうを作っているところを思い浮かべるとなにやらおかしくてと、千歳は楽しげにいった。

「それでわたくしも二つ、おすそ分けしていただいたのです。こちらのまんじゅうも飛ぶような売れ行きだそうですよ」

「漢方では、蓮の実は蓮子《れんし》、蓮肉《れんにく》と呼ばれる生薬です。昔から滋養によいとされていますからね」

「たしかに、甘くて、栗のようにほっこりしておいしいのはわかります。ただ、蓮の実の甘納豆をまんじゅうに載せただけですよね」

千歳は、どこか得心がいかないといった感じで、首を傾げた。

「なのに、なぜ女房どのは戻る気になったのでしょう。国太郎がいわしやへ迎えに行ったのですか」

「いえ。このまんじゅうのおかげです」

「それがわかりません……わたくしなら、頭を下げてもらうまで戻りませせぬ」

千歳は厳しい声でいい放つ。

「まんじゅうの名はご存じですか？」

千歳が唇を曲げて、首を振る。

「『半座まんじゅう』です」

「ああ、『半座を分ける』の半座ですか？」

「ええ、そうです。この言葉には蓮がかかわっているんですよ」

半座は、席を半分ずつ譲り合うということだ。そこから、あの世に行って仏となっても夫婦仲良く蓮の台《うてな》を分け合って座ろうという意味もある。

「では、女房どのはその意を知って」

「万福屋の名物を増やすとか、三代目の意地とか、昔の仲間を見返すとか、国太郎さんにはどうでもよかったんです。ただ、おたよさんのために滋養のある菓子を作りたかっただけですから」

千歳が唇を尖らせた。

「ならば最初からそういえばよかったのですよ。変に肩肘を張るから女房どのは気苦労を抱えたのではないですか。そのうえ店から追い出すなんて、本末転倒もいいところです」

「そうですね。さまざまな理由をつけたり、いい訳やごまかしをてんこ盛りにしているうちに、いちばん大切な部分が霞んでしまったのでしょう」

まことというのは、わりと簡単なところに転がっているものなのかもしれない。けれど、そこに見栄や体裁や、よけいな思いが積もって、見えなくなってしまうのだ。あるいは身近すぎて気づかないこともあるのだろう。

千歳がまんじゅうを口にした。

「あら、おいしい」

千歳は口元に指先をあて、眼をしばたたいた。

「おや。千歳さま、万福屋のまんじゅうは生涯、食べないといってませんでしたか」

「わたくしは買わないといっただけです。でも作るのはたいへんですね。わたくしはお役に立てませんでした。ですから、これからは食べるだけに専念します」

それがいい、といいかけて、草介はあわてて口元を押さえた。

「父の居室に胃の腑の薬がありましたし」

千歳が半眼に草介を見つめ、さらりといった。

草介はぽりぽり額を搔く。

「ああ、やはりこちらでしたか」

いわしや藤右衛門が、息せき切ってやって来た。千歳をちらと窺い、草介は胸をなでおろす。

「おやおや、芥川さまもご一緒で」

藤右衛門は千歳に一礼すると、

「此度も、まことにかたじけのうございました。おたよもまことに嬉しそうに万福屋へ帰って行きました。まさか蓮子とは……いやはや、感服いたしましたよ。水上さま、私はあきらめませんぞ。どうしても長崎へお連れしたい。半座どころか、私は全座を明け渡しても悔いはない」

興奮気味に話し終え、草介の両手を強く握りしめた。草介の全身に震えが走った。

千歳が呆れたふうに、立ち上がる。

「そのお話はいずれまた。千歳さま。お待ちください。私も御役屋敷に戻ります」

マンサクの木陰を抜けた千歳が足を止め、黒髪を揺らして振り向いた。藤右衛門から逃げ出した草介は思わず息を呑む。

陽光を浴びて立つ千歳は清廉な蓮花のように美しかった。

金銀花
きんぎんか

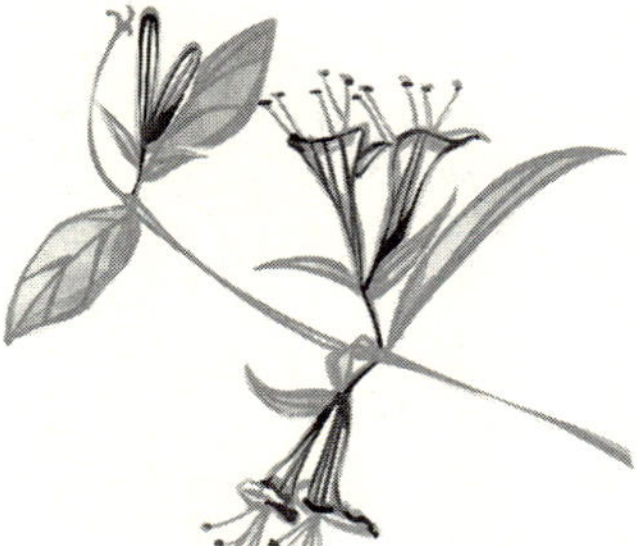

一

幕府御薬園《おやくえん》の夏の薬草畑は、賑やかだ。茴香《ういきょう》、当帰《とうき》、ナルコユリやゲンノショウコ、葛、甘草など、漢方処方に欠かせない薬草たちの花が開く。

花容、色、葉形が多彩なように、その効能もまた違う。植物によっては、蕾の時期に採取しなければならないもの、あるいは葉がとくに効き目がよいものなどがあり、夏場の採取は忙しい。

御薬園同心の水上草介《みなかみそうすけ》は、草花から得られる恵みに感謝しながら、園丁たちとともに今朝もせっせと刈り取りをしていた。

草介はふと笠の縁を上げ、空を仰いだ。照りつける陽射しが思いのほかまぶしく、眼を細める。ここ数年、気候が落ち着かない。

昨年は春、夏とも気温が上がらず、秋には大雨。今年も、梅雨が例年以上に長かった。

その影響を受けているのか、御薬園の植物の生育も思っていたより芳《かんば》しくない。いまは晴天が続いているが、これもいつ崩れるかわからない。

陸奥《むつ》や北陸の事態はもっと深刻だった。凶作のため、すでにかなりの餓死者が出ていると耳にした。各地で一揆や打ちこわしなども起きているという。

江戸にもその波が押し寄せているのが気がかりだった。

午後になり、腰の植木ばさみを揺らしながら、草介が御役屋敷へ戻ると、門前にいた年寄りの中間が丁寧な辞儀をした。草介の上役で、御薬園預かりの芥川小野寺《あくたがわおのじ》に来客であろうと、草介も軽く礼を返し、門を潜った。

「草介どの。お戻りになられましたか」

耳慣れた声に草介が首を回すと、千歳《ちとせ》が御役屋敷の玄関から出て来たところだった。

見れば、千歳の背後に、もうひとりいる。

南町奉行所、定町廻り同心、高幡啓吾郎《たかはたけいごろう》の妻、およしだ。門外にいたのは高幡家の中間だったのかと得心した。

およしは御薬園内に設けられている養生所で女看病人として働いていたが、昨年まで養生所見廻り方同心であった高幡に見初められ、先月、五月の末に祝言を挙げたばかりだ。

千歳にとって高幡は、通っている道場、共成館での兄弟子にあたるため、喜びもひとしおであったようだ。草介も列席したが、隣にいた千歳は、色黒でもともと武張《ぶば》った顔がさらに凝り固まっていた高幡に含み笑いを洩らし、およしの楚々《そそ》とした美しさには、ため息を吐きながら、褒め称えていた。

花嫁へ向ける千歳の眼差しの中に、わずかながら憧れが含まれていたような、いなかったような……帰路、千歳が妙に寡黙であったことが草介は気になった。

「水上さま、過日は、まことにありがとうございました」

「新しい暮らしには慣れましたか？」

「いいえ、まだ戸惑うばかりで」

およしが口元から鉄漿《かね》を覗かせ、柔らかく微笑んだ。うっすら青みが残る眉の剃り跡が、新妻の初々しさを漂わせている。

「よしどのが昆布の佃煮を届けてくださったのですよ。お手作りだそうです」

「やあそれは、ごちそうさまです」

「啓吾郎さまが見廻りでよく立ち寄る湊屋《みなとや》という海産物問屋から昆布をたくさんいただいてしまって。わたくしが炊いたもので恐縮ですが、養生所と、こちらへと思いまして

……あの千歳さま」

およしが気恥ずかしそうにいった。

「やはり、およしと呼んでいただいたほうが気が楽でよいのですけれど」

千歳は強く首を振った。

「それはなりません。町家の女房ではなく、武家へ嫁いだのですから」

「そうですか……自分の名ですのに、まだ自分のことでないようで、妙な気分です」

「それも、おいおい慣れていかれますよ」

およしがはにかみながら頷いた。

「そうそう、先ほどの話、草介どのに訊ねてみてはいかがですか」

千歳が促すと、少し遠慮がちに、およしは口を開いた。

「別人なのに顔かたちがうりふたつということはありますでしょうか」

草介は唐突な問いに面食らった。

「じつは先ほど申し上げました海産物問屋のご隠居が、ある女子を寮（別荘）に住まわせて……その」

「ええと、それはつまり、お妾、ということなのでしょうか」

「いいえ、違います。二十五年前ですが、赤子のとき、行方知れずになった娘だと、そのご隠居はいっているのです」

はあ、と草介はぽかんと口を開いた。

「でもそれがまことなら、喜ばしいではありませんか」

「なにをのんきなことを。二十五年も経って、ひょっこり見つかるなど、隠居が騙されているに相違ありません。しかも赤子のころですよ。いくらでもいいくるめられます」

千歳がきっと眼を吊り上げた。草介はわずかに首をすくめつつ、およしに訊ねた。

「とはいえ、ご隠居にはなにかしら証があっていっているのですよね」

それがほくろだけなんですと、およしがいった。行方知れずになった娘の右目尻に小さなほくろがあったというのだ。

「そんな者は江戸にいくらでもおります」

千歳は容赦なくいい放つ。

「その女子にもたしかにあるんですけど、それより気になったのは、その方が、わたくしの知っている、おりんさんそっくりで」

へっと草介は眼をしばたたいた。

「よしどのの知り合いだったのですか？」

およしが眉を寄せ、こくりと頷いた。

「まあ、植物ですと、別の種であるのに、よく似ているものがたくさんありますが……」

「草花の話ではございませぬ」

千歳が、真顔でいった。

二

およしが辞すると、千歳はいつものように庭で稽古を始めた。

「よしどのの幼馴染みだというのですが、おりんには、きちんとふた親がいたというのですよ。湊屋の娘であるはずがありません」

およしは、二歳上のおりんを姉のように慕い、おりんもまたおよしを妹のように想い、近所でも姉妹に間違えられるほどだったらしい。ただ、およしが八つのころおりん一家が引っ越してしまい、以後、会ってはいないというのだ。

ははあ、と草介は首肯した。

「そんなに仲良しであったなら、その女子も、よしどのに気づいたのではないですか」

草介が、園丁たちが刈り取ってきたばかりのスイカズラの花の蕾を摘みながらいうと、千歳が木刀を上段から勢いよく振るった。

「まったく知らぬ顔をしていたとのことです。名もおりんではなく、おしのと名乗っています。むろん湊屋の娘の名ですけれど」

「では、やはり別人なのでしょう」

いいえ、と木刀を止めた千歳が草介に向き直る。

「きっと、おりんという女が行方知れずになったおしのになりすましているのです」

胸を張り、きっぱりいい放った。

「え」

草介は千歳へ視線を向けた。

「だとしたら、偽者ですか？」

「それをよしどのは心配しているのです」

気づかれるのが遅すぎますと、千歳がむっと唇を歪めた。

「海産物問屋の湊屋といえば、神田御成道《おなりみち》沿いにあり、大名家の御用達も務める大店《おおだな》です」

どこかでその古い噂を聞きつけ、娘だと名乗り出て、あわよくば湊屋の身代を掠《かす》め取る魂胆なのだろうと、自信たっぷりにいった。

「しかし、なぜよしどのが湊屋のために」

「どんな女子か見てきてくれと、湊屋のいまの主から頼まれたそうです」

定町廻りは役目がら、商家との付き合いが密接だ。それが大きな情報源になる。

店側は、小さな不祥事なら日頃から親しくしている定町廻りに相談して、水際で解決してもらう。

およしもそんな具合で相談され、湊屋の寮へ出向いてみたら、娘だという女子が幼馴染みのおりんとうりふたつ。これは大変と、なったらしい。

「むろん、このことは湊屋の主には伝えていないとのことですが」

複雑ですねぇ、と草介は考え込んだ。

「行方知れずになったのは赤子のときですよね。だとしたらかどわかしですか」

およしもそれを訊ねたらしいが、湊屋の主は口を噤《つぐ》んでいるのだと、千歳がいった。

「それも妙です。湊屋の主にとって妹ではありませんか。生死もわからなかった妹が見つかったのであれば、己が飛んで行ってもおかしくはないでしょうに」

千歳のいうとおりだ。

「それに隠居の妻女には、このことはいっさい伝えていないのだそうです。もっとも身体の具合がよくないせいもあるらしいのですが」

思案げな顔をして、千歳が唇を歪めた。

「よしどののほうには、おりんだという証はあるんでしょうか」

「幼いころの面影も残っており、なにより考えごとをするとき、必ず耳たぶを触る癖もそのままだったと」

「ははあ、癖ですかぁ。ですが、それだけでおりんだと決めつけるのはいささか」

草介はぽりぽりと額を掻いた。

「いま、なにをなさいましたか」

千歳が草介の顔をじっと窺っている。

「いえ、なにもしておりませんが」

「指先で額を掻いたではありませんか」

「え？　まあ、いわれてみれば……」

「おわかりですか？　己は気づいていなくても、癖というのは知らず知らずのうちに出てしまうのです。本人よりも、むしろ他人のほうが癖をよく見知っているものです」

「や、たしかにそうですねぇ」

草介が妙に感心すると、千歳が勝ち誇ったような笑みを浮かべた。

「ところで、湊屋の隠居はどこで、その女子のことを知ったのでしょうか」

「おりんが働いていた料理屋へ隠居が出向いたときだそうです。会った瞬間に自分の娘だと叫んで、その場で泣き崩れたらしいのですよ。しょうなんとかという、はの会の集まりだったとか」

「は？　まさか、葉っぱの会ですか」

草介は思わず興奮して立ち上がった。草介にしては珍しくすばやい反応に千歳が眼を円くする。

「『葉』ではなく『歯』のほうですよ、草介どの」

千歳が自分の口元を指さした。草介の勘違いに口の端が緩んでいる。

「ああ、私はてっきり、草花の葉のことかと思いまして……お恥ずかしい」

草介は面を伏せ、再び腰を下ろした。

それにしても、歯の会などという、面白い集まりがあるものだと感心した。

「なんでも、ご高齢の方々が招かれるのだそうです。湊屋の隠居は七十六と聞きましたが、ときには百歳の方もいらっしゃるという話ですから」

ほほお、と草介は感嘆の声を上げた。

「百年ですと、樹木も立派になりますね」

「木と人を比べてどうするのです」

千歳が呆れ顔でいった。

「でも、どのような会なのかはわかりません」

千歳が小首を傾げる。草介はスイカズラの花の蕾を指でもてあそびながら、口を開いた。

「おそらく……歳を取ると歯が弱るじゃないですか。でも、丈夫であればなんでも食べられて健やかに過ごすことができ、長生きもできる、そういう意味もこめられているのではないかと思います」

「歯を大切にする会ということですか？」

千歳が不思議そうな顔つきをする。

草介はふと己の指先を見て、ふーむと声を洩らした。

「なんです。その花がどうかしましたか」

千歳が眉をひそめた。

「ああ、これはスイカズラの花です。そういえばと、思いましてね」

解熱、解毒、皮膚の湿疹などに効くが、それ以外にも、煎じてうがいをすると、歯や、歯の土台を強くし、口中の病を防ぐ効能があると告げた。

「まあ、歯に良い生薬などあるのですね」

千歳が草介の隣にしゃがみ、花を手にした。

「あら、白い花と黄色の花がありますね」

「ええ、きれいでしょう。花色が白から黄色に変化するので生薬になると金銀花《きんぎんか》と呼ばれているのです。スイカズラは花の奥に甘い蜜を持っていましてね、とてもよい香りがするのですよ」

「そういえば幼いころ、花の蜜を吸ったことがありますが、これだったのでしょうか」

そうかもしれませんねと、草介は頷きつつ、童のころの千歳は女児の格好だったのだろうかと、ふと思った。

「スイカズラはニンドウともいい、忍ぶ冬と書き表すのですよ」

「それなら知っております」

草介の脳裏にふと、一面の雪に覆われた御薬園の風景が浮かんできた。真綿を載せたような樹木の枝、道も畑も白一色に染め上げられ、雪は周囲の音までも、その場に閉じ込める。冬の御薬園はただ深閑とした広がりを見せるだけだ。

だが、スイカズラは忍冬の字のごとく、凍えるような寒さでも、散ることなく、色を変えることなく、雪を被っても鮮やかな緑の葉を保つ。じっと寒さに耐え、春を待つのだ。その懸命さに草介は胸を打たれる。

「おりんは」という千歳の声に草介は、我に返った。

「家の手伝いもよくし、思いやりのある優しい少女だったとのことです。ですが、人は変わります。まして、よしどのの知らない年月のほうが長いのですから。もしも、おりんが隠居を騙しているなら、止めなければと、よしどのはいっているのです」

「高幡さんはご存じなのですか」

「いえ。事件ではありませんから、高幡さんの手を煩《わずら》わせてはいけないと、よしどのは思っているようです。それに、ご自分の幼馴染みではいい出しづらくもありましょう」

定町廻りの妻女になったばかりでおよしも大変だと、草介はぼんやり思った。

と、千歳がすっくと立ち上がり、太い眉を引き締めた。

「わたくし、決めました。よしどののお手伝いをいたします」

「な、なにをおっしゃっているのです」

草介はあわてていった。

「老人の弱みにつけこむなど卑劣極まりない所業です。おしのを騙《かた》るおりんという女子の化けの皮を剝がして、諭さねばいけません。まして定町廻りの妻女の幼馴染みが悪事に手を染めたとなっては、ご夫婦揃って、辛い立場になりますゆえ」

「落ち着いてくださいませ。そう決めつけては。それに千歳さまが出て行かれては、よしどのもお困りに」

「困る？　わたくしがいつ、誰かを困らせるような真似をしたというのです」

それはと、草介が口ごもる。

「ともかく、おりんという女子に会い、質すべきです」

千歳は握った木刀に力を込め、あまりふてぶてしい態度を取るなら、少々脅すのもよいかもしれませんと、不敵な笑みを浮かべた。草介は、目眩《めまい》を覚えた。

「草介どのの非番は、明後日でしたね」

はあと、草介が応える。

「では、ともに湊屋の寮に参りましょう」

抗《あらが》っても無駄だと悟った草介は、力なく頷いた。

三

二日後、八丁堀にある高幡の屋敷へ千歳とともに赴いた。すでに高幡は出仕のあとで、およしは驚き顔で草介たちを出迎えた。掃除の最中であったのだろう、たすきと姉さん被りをあわててはずした。

千歳は居間に通されるなり、勢い込んで話を始めた。

およしは少しばかり困惑げに耳をかたむけていたが、「じつは昨日」と、口を開いた。湊屋の隠居自身も、おりんが娘である確証はないといったのだという。むろん、おりんはその場にはいなかった。

草介と千歳は思わず顔を見合わせた。

たしかに目尻にほくろはあったが、それも赤子のときのことなので、うろ覚えらしい。だが、料理屋で妾にそっくりなおりんの顔を見た瞬間、二十五年の歳月が一気に遡《さかのぼ》ったという。

「二十三のときに跡を継ぎ、ただ商いに励み、気がつけば五十路《いそじ》近く。働きづめに働いて私の人生は終わってしまうのかと途方に暮れましてね。そのときたまたま品川の料理屋で出会ったのが酌婦のお里だったんですよ。女房とは違う明るい性質のお里に惹かれまして。すぐお店の近くに家を借りて住まわせました」

仕入れる品、取り寄せた物が売れに売れて、商売も順調で図に乗っていたのだろうと自嘲気味に笑い、

「商いで上方に赴いた際、女房には銀、お里へは金と、揃いの簪《かんざし》など買ったりしましてね。色男を気取って悦に入っておりました。お里は、尾州《びしゅう》出の女子なものでしたから、国なまりで礼をいうのが、また愛らしゅうございましてな。女房のほうは、お里のことを知っても、まったく動じませんでした。もともと商家の娘でしたし、その父親も妾を囲っていたので、あたりまえのように思っていたのかもしれません」

だからよけいに調子づいたと、隠居は語ったのだという。

だが、お里に子が生まれ、三月《みつき》後。いきなり母子ともども姿を消した。なんの前触れもなかったため、神隠しにでも遭ったのではないかと思ったという。奉行所へも届け出たが、結局、母子の行方は知れなかったらしい。

「それから二十五年ですか……」

草介は腕を組んで唸った。

息子であるいまの主は妾腹《しょうふく》の妹を認めず、臥せっている隠居の妻女、つまり自分の母親へも伝えられずにいるのだろう。それで、およしに頼んだのだ。

「おりんさんに会ったとき、お里さんと過ごした日々が懐かしく思い出されたそうです。

一緒に暮らせなかった娘への償いの思いもあったのでしょう。ご隠居のほうから、娘になってくれと頼んだのだと」

「隠居から？」

千歳は呆気にとられた表情でいった。

「隠居が望んだことならば、しょうがないですが、いまの主はなんといっているのですか」

草介が訊ねた。

「やはり、素性の知れない女子ですから。たとえ、父親が娘だといい張ってもお店へ入れるわけにはいかないと」

「それは当然でしょう」

千歳は力強く頷いた。

「で、肝心の暮らしはどうなんですか」

それがと、およしは戸惑ったふうに頬へ手を当てた。

「端から見ていても、まことの親子のようで。ご隠居は杖をつかれているのですが、散歩のときも必ず手を添え、食事も手ずから作り、いまはご隠居の趣味でもある俳句や詩歌を学んでいるそうです」

はあ、と草介は眼をぱちくりさせた。

草介は大股でずんずん進む千歳の後を追った。湊屋の寮は根岸《ねぎし》にある。根岸は、畑が広がり、樹木が茂り、近くには川が流れる風情のある地だった。町場の喧騒を離れ、ここに移り住む者も多いと聞く。

「やはり戻りましょう、千歳さま」

その背に声をかけたが、千歳はまったく応えるようすがない。

「これは湊屋で解決すればよいことです」

と、千歳が歩をいきなり止めた。草介はあやうく千歳に体当たりするところだった。

「どうかなさいましたか」

「竹やぶの茂る屋敷です。あれが湊屋の寮でしょうが、いま、男が出てきました」

千歳の指し示すほうを見ると、着流し姿の男がひとり門を出て来た。すると、続けて女が姿を現した。男の肩に触れ、耳元で何事かをささやく。ふたりは、互いに顔を見合わせ忍び笑いをしている。

「あれが、おりんでしょう」

「ええと、男は寮に出入りしている物売りですかね」

草介がのんきにいうや、

「あれが物売りに見えますか」

千歳が声を落とし、ぴしゃりといった。

女は男に向かって手を振ると、再び屋敷へと戻った。

「やはり、男とぐるになってなにかよからぬことを企んでいるのではないでしょうか。男のほうを尾《つ》けましょう」

「えええ」

「嫌なら結構です。根岸の風景でも眺めてから、御薬園へお戻りなさいませ」

千歳は踵を返して、男から三間（約五・五メートル）ほど離れて歩き始めた。吐息を洩らし、草介も後に続く。

二町（約二百二十メートル）ほど進み、大通りに出る手前の辻で、男が不意に振り返った。千歳が身構える。

「お武家さまが、私に何用でございますか」

丁寧な口調ながら、あきらかに不審げな顔つきで、男がこちらに近づいて来る。

千歳さま、と草介は袖を引く。

「さきほど出てきた寮が湊屋のものと知っていて、出入りしているのですか」

千歳がきゅっと眉を引き締め、厳しくいい放った。

「それがどうかいたしましたか」

男は、さらに不審を募らせ、尖った声でいう。

「そこに住む女性といかなる間柄かお教えいただきたい」

千歳も引く気はない。草介ははらはらしながらも、いざとなったらどうするかと必死に頭を巡らせていた。

はっ、と男が大きく息を吐いた。

「いったい、なんですか。あなた方は」

「湊屋の娘の名を騙るおりんと手を組み、店の身代を狙っているのではないですか」

草介は一瞬、息が止まったかと思った。

性根が真っ直ぐな千歳だが、あまりに直截《ちょくせつ》過ぎる。案の定、男が気色《けしき》ばんだ。

「いい加減にしてくれませんか。いくらお武家さまでも、盗人呼ばわりされちゃたまらねぇ。湊屋の主から頼まれて来たんですか」

「いえ、私たちは、おりんさんの知り合いの知り合いで」

草介は千歳の脇から、ひょっこり顔を出していった。

男が舌打ちして、鬢《びん》を掻く。

「ややこしいな。おりんも気の毒だ。そんなふうに疑われてたってわけですか……」

「いや、疑うというか、心配をしている方が……おりんさんもお会いしていると思いますが」

「ああ、幼馴染みの……八丁堀の女房になったたって人ですか」

「よしどのを覚えていたのですか？」

男は不機嫌な顔をわずかに緩ませた。

およしの姿を見たとき、あまりに立派な新造ぶりに圧倒され、お武家の妻女に、昔馴染みだと、親しい口などきいてはいけない、と思ったらしい。それで知らない素振りをしたが、おりんは、懐かしさで胸を詰まらせていたと男はいった。

「でもう、ご隠居との親子ごっこは仕舞いです。はじめからひと月という日切《ひぎ》りの約束でしてね。おりんは優しい女なので、ご隠居の思いを汲んでやりたいといいまして。もっとも年寄りとはいえ、ひとつ屋根の下で暮らすわけですから、いい気持ちがしていなかったのは私のほうですよ」

男は皮肉っぽくいって口を歪めた。

「私は、おりんの許婚《いいなずけ》です。三日後、ふたりで江戸を発つことになっているんですよ。おりんの養い親と尾張《おわり》に店を持つことになりましてね」

「養い親？」

草介も啞然として男を見つめた。

「おりんさんに会わせてください」

草介は男に頭を下げた。

四

高幡家へ報せに行くと、おりんさんはちっとも変わってなかったのだと、およしは、そっと目元を潤ませた。知らなかったとはいえ、おりんを疑ってしまった自分が恥ずかしく、申し訳ないことをしたと、俯いた。

「誤解は解けたのですからいいではありませんか。おりんさんも尾張へ発つ前によしどのに会いたいといっていますし。ね、千歳さま」

ええ、と千歳もきまりが悪そうにあらぬ方向へ視線を泳がせた。

「でも、啓吾郎さまにはお話しできません。もう穴があったら入りたいです」

およしが、身を縮ませた。

「ま、このことは高幡さんには内緒にしておきましょう。もちろん、お父上にも内緒にいたしますよ」

千歳をちらと窺い、ははは、と草介は笑ったが、ふたりの顔は優れない。

でもと、およしが口を開いた。

「おりんさんのふた親が伯父夫婦だったなんて……驚きました」

草介は指先で額を掻きつつ、いった。

「子を抱いて戻って来た妹の代わりに育てたということでした」

「では、まことの母親は」

「父親のことも口にせず、赤子が邪魔だと置いて出て行ったきりだとか。まったくひどい母親です」

千歳が厳しい口調でいった。

「伯父夫婦は、数年前からもともとの在所であった尾張で暮らしているそうですよ」

「それで尾張へ……ああ」

およしがはっとして眼を見開いた。

「なにかございましたか」

草介は訝しげにおよしを見る。

「ご隠居は、お妾だったお里さんには尾州なまりがあったといっていました。だとしたら……おりんさんは」

「まさか、実の娘だというのですか」

千歳の大きな瞳がさらに大きくなった。

草介はぽりぽりと額を掻いた。

「うーん、それだけではなんとも」

草介の呟きに、千歳とおよしの表情が落胆に変わる。

草介は、これまでの話をひとつひとつ思い返し、「ものは試しですが」と、ためらいがちにいった。

「湊屋のご隠居は、金の簪をお里へ与えたといっていましたよね。もしおりんさんが実の娘だとしたら、その簪を持っているか、幼いころ見たことがあるか、訊ねてみてはいかがですか」

およしは、つと考え込んでから顔を上げた。

「そういえば幼いころ、自分の宝物だといって、簪を見せてくれたことがありますが、金色ではなかったと思います」

草介は、そうですかと息を吐いた。

「たしか、金の簪は真鍮《しんちゅう》にメッキを施したものだと思うのですが……ああ、まるで金銀花のようですねえ」

「金銀花？」

小首を傾げるおよしに、千歳が鼻をうごめかせた。

「スイカズラのことです。初めは白い花ですが、しだいに黄色に変わる——よしどの！年月が経てば金のメッキがはがれることも……」

千歳が身を乗り出し、張り詰めた声でいった。

「白から、黄色……だから金銀花……銀から金……金から、銀……」

およしの声が震えていた。

「千歳さま、水上さま。かたじけのうございます。これから、おりんさんの処へ行ってまいります」

およしが弾かれたように立ち上がる。

草介はにこりと千歳へ笑いかけた。


御薬園の中央を貫く仕切り道を軽衫袴《カルサン》に杖をついた老爺が、供を連れてゆったりと歩いていた。ときおり立ち止まっては、曲がった腰を伸ばすように、空を見上げる。

草介は、水遣りの手を止め、老爺へ近づいた。

草介に気づいた老人が、丁寧に腰を折る。

「湊屋作兵衛《さくべえ》と申します」

「ああ、これは。御薬園同心の水上草介と申します」

「あなたさまが水上さまで。このたびは皆さまにご迷惑をおかけいたしまして……おしの、いや、おりんが今朝、尾張へ発ちました」

腰は多少、曲がっているが、声には張りがあり、顔の血色もよく、七十半ばを過ぎているにしてはずいぶん若く見えた。

「いえいえ。私はなにもしておりません。よしどのと、芥川千歳さまが、気づかれたので」

草介は柔らかな笑みを浮かべた。

作兵衛は、その場に腰を下ろした。仕切り道からは西の御薬園が見渡せる。

作兵衛が長々とため息を吐いた。

「この歳になりますと、やはりどこか鈍くなってしまうのでしょうかね。手前勝手でございました。おりんと出会って、ひとりではしゃぎ、お里との暮らしを思い返して、浸りきり、時がたって許されたと勘違いしていたようです。古い古いかさぶたを引き剝がすような真似をしてしまいました。このような歳になってまで、また女房の心を傷つけてしまった」

「では、ご妻女が……」

はい、と作兵衛が頷いた。

「お里に銭を渡し、妾宅を去らせたと番頭から聞きました」

作兵衛は額の皺をさらに深めた。

そのころの作兵衛はお里の処へ行ったまま商売も顧みなかった。その穴埋めを、ずっと女房と息子がしていたのだという。だが、赤子が生まれたと聞いた女房は、妾腹とはいえ、湊屋の行く末を考え、お里を追い出したのだ。

「思わぬ大金に、お里は喜んで出て行ったそうです。ですが赤子はまだ生まれたばかり。

それはそれでひどいことをしたと、女房も気持ちが揺れたと申しておりました。ひとつの過去が、一方には懐かしく、一方には辛い……そのことに気づきませんでした。それでも、女房がおしの……いや、おりんに嫁入り道具を揃えてやれと、いってくれましてね……」

作兵衛の声が震えていた。

「あの、こちらで少々、お待ちください」

草介は御役屋敷へ取って返し、すぐに作兵衛のもとへと戻った。

「これをお持ちください」

草介は金銀花を作兵衛へ差し出した。作兵衛が訝しげな表情で草介を見る。

「歯を大切にする集まりがあると伺いまして。これを煎じて口をすすぐと、弱りやすい歯の土台の病を予防できるのです。健やかな歯は長寿の源ですから」

作兵衛が、シイの実のような眼をしばたたき破顔した。草介は笑う作兵衛をきょとんとした顔で見つめる。

「これはまことにご無礼をいたしました。私は、ほれ、見てくだされ」

作兵衛がにっと口を開いた。草介は眉をひそめて、その口元を覗き込む。

白い歯でなく、木のようなものが並んでいる。ああ、と思わず叫んだ。

「い、入れ歯ですか？」

「さようで。三年前にほとんど歯が抜けてしまいまして、作らせたものです」

「じゃあ、歯の会というのは」

作兵衛は、楽しげに幾度も首肯した。

「尚歯会《しょうしかい》のことですな」

尚歯とは、敬老の意だ。大間違いではないが、歯を大切にする会ではない。なにかの書物で眼にしたことがある。清国が昔、唐であったころ、白楽天《はくらくてん》が催した敬老の宴のことだ。

わが国でも、それを真似、古くから行われていた。いまは和歌や俳句を詠む会となっていると作兵衛は義歯を覗かせ笑った。

「私のほうこそ存じ上げず、お恥ずかしい」

草介はあわてて、頭を下げた。

「いえいえ。では女房にいただいていきましょう。長生きして、ふたりで新たな思い出を作るつもりです。ですが、ここはとてもよろしいですなぁ。さまざまな植物が育ち、花を咲かせ、実を結び……歌を詠むにはもってこいの場所です。四季の風景もさぞかし豊かなのでしょうな」

草介は、まるで自分が褒められたような気分になった。

「尚歯会がありましたら、歌を詠みに参ってもよろしいでしょうか」

「どうぞどうぞ。お待ちしています」

作兵衛が腰を上げた。

それから半刻ほど後に千歳が道場での稽古を終え、屋敷へと戻って来た。

「本日、道場に高幡さんが久方ぶりに顔を出されました。さすがは定町廻りの女房だと、よしどののことを鼻を膨らませながら、皆に吹聴して回っておりました。そのためにわざわざ見廻りの途中に寄ったふうでした」

千歳が呆れながら、いった。

「そうでしょうねぇ。おりんさんが湊屋のまことの娘だと気づいたのは、千歳さまと、よしどのですからね。ま、高幡さんもお元気でなによりです」

「あ、でも師範からまんじゅうを勧められて、顔を歪めながら食していましたよ。なんでも口の中の出来物が痛むとか。周りに当たり散らしていましたし」

千歳は高幡のようすを思い浮かべたのか、口元をかすかに緩めた。

「それなら、高幡さんへ金銀花を届けましょうか。口中のただれにも効きますから」

千歳が、不意にため息を吐いた。

「しかし殿方は、自分勝手な理屈をつけて、昔の思い出に浸ろうとするものなのですね」

「時が経てば、都合の悪いことは省かれてしまうのでしょう。どんな思い出も、懐かしく、美しいものに染まってしまうのかもしれませんね」

「それを身勝手というのです。草介どのもお気をつけなさいませ」

ぷいと横を向く千歳を、草介は眼を細めて見つめた。

ばれいしょ

一

黒い雲が空全体に垂れ込めている。昼だというのに、うす暗い。幕府御薬園《おやくえん》に茂る葉の色もどこかくすんで見えた。

御薬園同心の水上草介《みなかみそうすけ》は、若い園丁とともに籠《かご》を背負い、肩には鋤《すき》を担いで、御薬園の西側にある畑に足を運んでいた。

カツラの樹林の手前にある畑は、一間半（約二・七メートル）四方の小さなものだ。草介の上役で、御薬園預かりを務める芥川小野寺《あくたがわおのじ》の許可を得て、自分の好きな植物を栽培している。

畑に着いた草介は、葉の茂る畝《うね》を満足げに眺めていたが、草むらに近い、いちばん奥の畝に眼を留め、嘆息した。

茎は折られ、少し黄色に枯れかけた葉が散らばり、土まみれになっている。掘り返された痕跡があきらかだ。

「まただ。こりゃ、ひでえ」

「しかし、どう頃合いを知るのだろうなぁ」

草介は怒るどころか、むしろ感心しながら唸った。

「なにをのんきな物言いをなさっておいでです。こう続けて畑を荒らされちゃ困ります。とっ捕まえなきゃだめですよ」

やはりそうか、と草介は、憤る園丁に向け、ぎこちなく笑った。

その夜、草介は、園丁に付き合ってもらい、カツラの樹林に身を潜め、畑を見張っていた。

陽が落ちてからは厚い雲が切れ、空には星がまたたいていた。上弦の月が、あたりをぼんやりと浮かび上がらせている。

子《ね》の刻（午前零時）を過ぎ、草介が幹にもたれかかり、ついうとうととしかけたとき、

「水草さま、起きてくだせえよ」

若い園丁が草介の袖を引いた。

御薬園のほとんどの者が水上姓を忘れ去り、草介は綽名で呼ばれている。

先日のことだ。お上から、御薬園で収穫された御種人参を町場の薬種問屋へ下げ渡すようにとの命が下された。払い下げを希望している薬種問屋の店名を書き上げていると、

「ごくろうだな、水草」

芥川にまでいわれたのには驚いた。

「眠っちゃずるいですよ」

「いや、すまんすまん――ああ、あそこ。なにか見えないか？」

草介は声音を落とし、暗がりを指さした。

「あの草むらの中だ。ほら、ふたつ光ってるじゃないか」

「ほんとだ。おや、ふたつどころじゃねえですよ。四つ、六つ、八つ――」

「も、物《もの》の怪《け》か」

草介の声が思わず裏返った。

「んなわけありゃしませんよ。獣です。都合、四匹ですか」

と、黒い影が草を分け、あたりを警戒しながら、のそのそ出て来た。

西に傾いた月明かりの下、畑へ押し入った盗人の正体が知れた。

タヌキだ。

園丁が舌打ちする。

「ここで、いきなりあっしらが出ていったところで、逃げちまいますしね。わなでも仕掛けて生け捕りにしやしょうか」

草介がさらに眼を凝らしていると、ちょこちょこ小さな影もついて出て来ていた。畑に茂った葉を押し倒し、土を掘り返している。

「そ、そのようなことはしなくてもいいじゃないか。あれは子ダヌキのようだぞ」

「だめですよ、水草さま。あいつらにかかったら、せっかく丹精したものがみんなおしゃかになっちまいます」

園丁の声が呆れているのがわかる。

「それはそうかもしれぬが。あやつらだって食べなければ生きていけぬしなぁ」

「お優しいのも結構ですがね、このままにしておくわけにもいきませんよ。これから収穫するものだってあるんですよ」

「うーん、それもそうだが。網を巡らせても、破られてしまうだろうし。困ったな」

草介はぽりぽり額を掻いた。

「ちっとも、困ったような口ぶりじゃねえ」

園丁が不機嫌に口先を尖らせた。

「それにしても、野犬が荒らすことはありましたが、タヌキは久しぶりだ。あれは、きっと渡りのタヌキですよ」

「タヌキに渡り者などいるのか」

「ここはお上の御薬園ですよ。これまであんなに行儀のわりぃタヌキはおりませんでしたからね。余所者に違いねえ」

もっともらしく頷く園丁に、そういうものかと、草介は思わず苦笑を洩らした。

御薬園の敷地は約四万五千坪ある。園内にはうっそうと樹木が茂り、池があり、作物畑がある。むろん動物もたくさん棲《す》んでいる。

木々を渡るリスやムササビ、ウサギ、モグラ、鳥の種は数知れない。イタチやタヌキがいてもなんら不思議なことではない。人も動物も植物も共に暮らしている。それはあたりまえのことだと、草介は思っている。ただ、園丁のいうように畑を続けて荒らされたのは、珍しいことだった。

ここ数年、天候不良で作物の出来が悪い。江戸近郊でも長雨に冷夏と、あまりよい状況ではなかった。そういえば木々も例年に比べると実りが少ないように思われた。

食物を求めて、御薬園にたどり着いたのかもしれなかった。

親ダヌキが、子ダヌキのために食い物を分け与えているようにも見え、ただ捕えるのも、気の毒に思える。

「こら、お前ら」

しびれをきらせた園丁ががんどう提灯を手に飛び出すと、タヌキは草むらへ逃げていった。

草介は、畑に出てしゃがみ込んだ。

がんどう提灯の灯《あか》りに、掘り返された跡が浮かび上がる。草介は、ふむと唸った。

二

千歳《ちとせ》が木刀を手に御役屋敷の庭へと出て来た。

昨夜、畑の見張りでほとんど睡眠の取れなかった草介は、乾薬場の近くに置かれた腰掛に座り、いまにも舟を漕ぎ出す寸前だった。

「草介どの」

前に屈みこんだ上体を、草介はあわてて起こした。

「申し訳ございません、ついうたた寝を」

「それは構いません。ゆうべは畑の見張りをしていたと聞きました。ご苦労さまでした」

「おや、いつお耳に入ったのですか」

千歳は軽く顎を上げ、いい放った。

「今朝方、父へ報告なさったでしょう。御薬園に巣食ったタヌキがひんぱんに畑へ現れているそうですね」

「はあ、タヌキ一家です。夫婦と子が二匹おりました」

「タヌキは害獣ですよ。御薬園の薬草や作物がこれ以上、荒らされては困ります」

千歳が眉をきゅうっと引き締める。

「たしかにそうなのですが……どうも新参者のタヌキのようで……」

「まあ、タヌキの面体をおたしかめになられたのですか」

千歳はまじまじ草介を見つめた。

「子ダヌキがおりまして、いまは子育て中なのでしょう。仲睦まじく土を掘っている姿を目の当たりにしますと、なにやら捕えるのが忍びなく思えましてね」

それにと、草介は口元を軽く曲げた。

「ちょっと気になることがあるのです」

「まことに草介どのはのんきに構えていらっしゃる。せめて網でもかけてはいかがですか」

「ああ、網もいまはかけずにいようかと」

千歳が驚き顔で、

「タヌキの餌付けでもしようというのですか。獣は恩返しなどいたしません」

腰を折り、草介の眼前に顔を寄せてきた。千歳の髪油の香りがふわりと漂う。

「で、なにを植えているのですか？」

「あ、いや、お教えするほどのものでは」

しどろもどろに草介は応えた。

「タヌキには食わせているのにですか。わたくしにはいえないと」

「千歳さまだからというわけでは……」

「ではもう、ご勝手になさいませ」

千歳は強い口調でいうや、くるりと背を向け、大股にその場を離れた。

千歳が、力強い声を張り上げ、木刀を振り下ろす。いつにもまして鋭い太刀筋に草介は思わず身震いした。

それから数日、草介は畑に網もかけず、わなも仕掛けず、タヌキ一家の好きにさせた。

園丁たちは呆れ返り、千歳もひと言もいわない。

タヌキの行動は夜だ。

草介は陽が昇ると、畑へ出向き、掘り返された跡を丹念に見廻った。

それから籠を下ろし、茎葉が黄色に枯れかかったものだけを選び、鋤を振るった。塊茎がしっかりと育っているのをたしかめると、草介はひとり微笑んだ。一本の茎で、十二、三ある。収穫はほどほどといったところだ。

草介は、タヌキの齧りかけも籠へ入れる。

籠を背負い、仕切り道を御役屋敷へ戻っていた途中、

「水草さま」

聞きなれた声に、草介は振り返る。御薬園内に設けられている養生所の医師、河島仙《かわしません》

寿《じゅ》が走りよって来た。

見ればきちんと羽織袴をつけ、腰には脇差を差し、薬籠を手にしている。

「往診の帰りでしてね」

草介は首を傾げた。入所患者の診立てだけでも忙しい養生所の医師が、往診に出るという話はあまり聞いたことがなかった。

「非番の日の副業です。養生所ではなかなか西洋薬が手に入りませんので、大店の主相手に、少しばかり。長崎帰りの蘭方医という肩書きはかなり信用を得やすいものですから」

河島は手拭いを巻いた頭に手をあて、はっはっと笑った。じつは河島の頭頂部には二寸ほどの脱毛がある。手拭いはそれを隠すために巻いているのだ。河島の抜け毛は、人との交わりがうまくいかず、その心労が重なったゆえのものだったが、このごろは、養生所の者たちから「手拭い先生」と呼ばれ慕われていた。そうして気持ちに余裕ができたせいか、順調に毛が育っているらしい。

「ご苦労さまです。西洋薬は高価ですし、お上もなかなか了承してくれませんか」

「まあ、本道の主流は漢方ですからね。蘭方はいまだに外科が多い。漢方、蘭方が手を携えて、医学を進歩させることが必要なのですけれどね」

河島は端整な顔を歪め、歩き出す。

「おや、その籠の中……アールドアップルではないですか」

「あーるどあっぷる？」

「蘭語ではそういわれるのですよ。ま、我が国では通常、ジャガタライモやばれいしょと呼ぶのでしょうが」

きらりと、河島が白い歯を見せた。

この場に千歳がいなかったことを草介は感謝した。千歳にいわせると、河島は長崎帰りをなにげなく鼻にかけ、他人を見下したような物言いをするというのだ。いまの「アールドアップル」を聞いたら、間違いなく皮肉のひとつもいっていただろう。

しかし、当の河島はそんな空気を微塵も感じていないので、直しようがない。

「御薬園はさまざまなものを栽培しているのですね。これも生薬になるのですか」

「あ、いえ。これは私が御薬園の畑を借りて、試作しているのです。やせた土地でもできる作物があればと思いまして」

ほう、と河島が驚きの声を上げた。

「私も初めて作るので、芥川さまにもきちんと申し上げていないのですが」

ジャガタライモは、栽培も比較的、容易で、ひとつの種芋から多く収穫できる。そのうえ、滋養もあり、長い期間の保存も可能だ。

五十年ほど前、甲斐国《かいのくに》の代官、中井清太夫《なかいせいだゆう》がジャガタライモを栽培して、米の出来が悪かったときの代用食にしたと知り、植えてみようと思ったのだ。

種芋は、甲斐から取り寄せた。

「ならば、もっと広がってもよさそうではないですか。御薬園でもきちんと試作すべきだ。千歳さま、いや、芥川さまにも申し上げたほうがよろしいですよ」

河島が力を込めていった。

いいえ、と草介はいいよどんだ。

「じつはうまい食べ方がよくわからないのです。茹《ゆ》でたり、蒸《ふ》かしたりして食べるのですが、舌触りがよくないとか、味が淡白すぎるとかで、好まれないようなのです」

「なるほど。代用食でなく、皆が好んで食べられる常食の作物にしたいわけですね」

ふむと、河島は顎をなでた。

「西洋では獣肉の付け合わせになることが多いと聞いたことがあります。いろいろな食べ方がされているはずですが、その国々の民の舌は違いますからね」

そうですね、と草介は肩を落とした。

食べ方の工夫がなされれば、もっと食する者も、栽培する者も増えるはずだと思う。

「そういえば今日、出向いた先の主が話していたのですが、近郊の百姓が仕事を求めて、ずいぶん江戸へ流れて来ているようです。じつは親類などを頼り、請人《うけにん》となってもらい養生所を訪れる者が数人おりましてね。仕事を探している間に病を得てしまった、ということなのでしょう」

　草介は眉をひそめた。

「やはり、作物の収穫があまり芳《かんば》しくないのでしょうねぇ。こういうときにこそジャガタライモが作れるとよいのですけど」

　河島がふと足を止め、草介に向き直る。

　睫毛が長く、黒目がちの河島の眼はふつうにしていても迫力があるのだが、こうして見つめられると、怖いくらいだ。

　草介が戸惑い気味に身構えていると、河島にいきなり両肩を摑まれた。

「私にも協力させてください。ぜひアールドアップルをともに広めましょう。百姓たちの助けにもなる。さらにうまい食べ物が増えることはいいことです」

　健やかな身体は食からです。病の根を切るのが、西洋医学ですが、まずは病にかからない身体を作るのが、いちばんだと、力説する河島に両肩を揺さぶられた草介は、そのとおりだと応える代わりに、かくかくと頷いた。

「で、芋はこれだけですか」

「これは、本日掘った分だけです。もうほとんど収穫できると思います」

「芋の粥などどうでしょう。粥作りはあれ以来、すっかり得意になりましたから、私にまかせてください。では、いくつかいただいていきます」

抜け毛によいとされる生薬を入れて食す薬膳粥を草介は河島へ勧めたが、まだ続けているようだ。

籠に手を伸ばした河島に、草介はあわてていった。

「お持ちにならないでいただきたい芋があります」

河島がきょとんとした顔をする。

「少々、気になることがあるのです」

草介は籠をその場に下ろして、自ら選び取り、河島へ渡した。

「そちらのは……ああ、獣の食いかけのようですね」

不思議そうな顔で河島が籠を覗き込む。

「はい。タヌキです。ただ、食う芋と、食わぬ芋があるのですよ。それがどうしてなのか、試してみようかと思いまして」

「ほう。獣はなんでも構わず食うてしまうものかと思いましたが」

「いえ、獣は人のように、大食をしたり、贅《ぜい》を凝らすような真似はいたしません。生きるために必要な分だけを食べるのです」

むしろ、草花に詳しいのは獣かもしれない。毒草は食さず、逆に身体が弱っているときには、効能ある草を食べるのだと、草介は告げた。

「ですから、この芋を食べない理由があるかと思いまして」

「獣に教えを請うというわけですか。やはり、水草さまは、面白い」

河島は芋を手にして、さわやかな笑顔を残して、去って行った。

その背を見送りながら、草介は自分の頬が知らず知らずのうちに緩んでいるのに気づいた。

以前、御薬園の園丁の病を治してくれたときの河島の姿を思い出した。整った顔立ちのせいか、ふだんは、どこかすましたふうな雰囲気に見えるが、病人に向き合うときの河島はほんとうに懸命だ。

いまも、そんな河島が見えた。

己の思いが伝わったことはもちろん、ともにジャガタライモを広めたいといってくれたことが、なにより草介は嬉しかった。

と、不意にある人物の顔が浮かんだ。

蓬髪を無造作に束ねた、まんじゅう屋の万福屋国太郎《まんぷくやくにたろう》だ。国太郎は身体の弱い女房のために滋養のある薬草菓子を作りたいと、工夫を重ねていた男だ。

国太郎なら食材にも詳しいはずだ。ジャガタライモを使った菓子が作れるかもしれない。

草介は心が躍るのを感じ、足を速めた。

三

翌日、刈り取った薬草を乾薬場で干していた草介の傍らに、ふと影が落ちた。

草介は首を回して、振り仰ぐ。

いつもと変わらない凜とした立ち姿の千歳がいた。

「その後、タヌキはどうなさいましたか」

草介は腰を上げ、乾薬場を出た。

「はあ、ゆうべも出て来たようです。でも、他の畑は被害がありませんので」

「ならばよいですが、父も心配しております。ところで、父にもなにを作っているのか報せておられないようですね」

「もう少ししたら、お話しするつもりでおりましたが」

千歳がため息を吐く。

「父も、わたくしも信用できませんか」

草介はぶるぶると首を振った。

「そうではありません。ただ、疑問がありまして、それが解決したらと」

千歳がむっと唇を曲げた。

「わたくしでは、役に立ちませんか」

草介はぼんの窪に手をあて、押し黙る。

いつもそうです、と千歳がわずかに声を落とした。

「いつもおひとりで抱えて、いつもおひとりで解決しようとなさっておいでです」

草介は、おずおずと視線を上げた。

「わたくしが考えるよう導いてくださったことが、幾度もありました。そのくらいわたくしとて気づいております。先日の湊屋《みなとや》の一件も、そうではありませんか」

草介を質すように睨めつけてくる。

「あの……その、申し訳ございません」

「謝らずとも結構です。責めているわけではありませぬ。ただ、わたくしでは草介どののお役に立てないのかと悔しいのです」

千歳は拳を軽く握りしめた。

千歳がいっているのは、海産物問屋、湊屋の隠居の作兵衛《さくべえ》のことだ。作兵衛が料理屋でたまたま出会った女子が、赤子のころ、行方知れずになった実の娘だったという証を千歳と、南町奉行所の定町廻り、高幡啓《たかはたけい》吾郎《ごろう》の妻女およしとで見つけた。たしかに、草介は助言したが、千歳がそのように感じていたとは思いも寄らなかった。

なにやら微妙な空気が流れる。草介が懸命に言葉を探していると、荒い息を吐きつつ御役屋敷の門を足早にくぐって来る者があった。

唐物《とうぶつ》問屋、いわしや藤右衛門《とうえもん》だ。草介をみとめると、顔中が笑顔になった。

「やあやあ聞きましたぞ、聞きましたぞ。やはり水上さまでございますなぁ。私はもう感動で身が震えて止まりませんでしたよ」

相変わらずの騒々しさだが、草介はほっと安堵の息を洩らした。だが、藤右衛門の訪問を千歳はあまり歓迎していないようすだ。

藤右衛門は河島仙寿と懇意にしている。草介と知り合ったのも、河島を介してだった。以来、本草に詳しい草介に惚れ込んだ藤右衛門は、長崎で本格的な医者修業をさせたいと思っている。草介自身はその申し出をきっぱりと断っていたが、それでも藤右衛門はいまだにあきらめてはいないふうだ。もちろんそのことについて直接、触れてはこないが、なにかと用事を作っては御役屋敷に顔を出し、近頃では、長崎から取り寄せたという書物などを持って芥川小野寺にも会いに来ていた。

「なにを企んでいるかわかりませぬ」

千歳は藤右衛門が訪れるたび、そういっては口元をへの字にしている。

「本日のご用はなんでございましょう」

草介が口を開くより早く、千歳が藤右衛門の前へ進み出た。

「これはこれは、芥川さま。今日も一段と、凜々しいお姿でございますなぁ」

「いつもと変わってはおりませぬ」

千歳はにべもない。

「過日は父上さまより、書物のご注文をいただきました。来月にはお持ちできるかと思います」

「そうですか。父は城へ上がっておりますゆえ、わたくしから、伝えておきましょう」

ふくよかな頬を揺らしながら、藤右衛門が丁寧に辞儀をする。

「それはかたじけのうございます」

いったん頭を垂れかけた藤右衛門が、なにかに気づいたように顔を上げた。

「このところ、ずいぶんとお城へ上がっておられるようでございますな。やはり江戸へ入って来る人々が増えているせいでしょうか」

「さあ、どうでしょう。もっとも父から報されていたとしてもお教えできません」

「これは差し出がましいことを申しました」

藤右衛門がばつが悪そうに、視線を落とした。

「御種人参の払い下げがありましたので、そのことで忙しいのでしょう。思った以上に、希望する薬種問屋が多くありましたので」

草介が取り成すようにいった。

「ああ、そうでしたか」

藤右衛門は、厳しい顔つきの千歳をちらと窺ってから、ほっとしたふうに頷いた。

じつは、藤右衛門のいうことは間違いではない。芥川の登城が増えているのは、不作続きの農地を捨てた百姓が大勢、江戸へ入ってきているせいだった。だが、身元の請人がなければ仕事に就けるはずもなく、かえって困窮し、行き倒れてしまう者や、無宿となって犯罪に手を染める者もあった。

陸奥ではかなりひどい飢饉に見舞われているという。芥川は、御薬園奉行と町奉行らとともに、その対策に追われているのだ。

「あの、いわしやさん、お疲れでしょう。こちらへおかけになりませんか」

草介は腰掛を藤右衛門へ勧めた。

「いえいえ、結構でございます。本日、私は使いで参ったものですから、お返事を伺いましたら、すぐにおいとまいたします」

はあと、草介は首を傾げつつ、藤右衛門の顔を見つめた。

「ご迷惑かとは存じましたが、水上さまのことをさるお方にお話しいたしましたら、いたく感服なされましてね。それで、ぜひとも一度、御薬園を訪問したいと申され」

「はあ、どちらさまでしょうか」

「ええ、紀州藩《きしゆうはん》にお仕えの儒者、遠藤勝助《えんどうしようすけ》さまでございます」

藤右衛門は笑みを絶やさず応えた。

「紀州藩の……儒者」

千歳が呟いて、息を呑んだ。紀州藩は尾張、水戸《みと》とともに、将軍家に跡継ぎがない場合には継嗣《けいし》を立てる徳川御三家のひとつだ。

しかし、御三家に仕える儒者であれば、わざわざ町場の唐物問屋の主を介さずとも、芥川に話を通せばよさそうなものだ。

「なんでもお忍びで訪れたいということでしてね。ええと、遠藤さまは、尚歯会《しょうしかい》という会を開いておりまして、その会の趣旨に御薬園も、水上さまもぴったりだと」

「ああ、尚歯会は和歌山藩の方が主宰していたのですか。その会なら、存じております」

藤右衛門がぽんと手を打った。

「おお、さすがは、水上さまですな」

「わたくしも知っております」

千歳が眦《まなじり》をわずかに上げていった。

「これは失礼をいたしました。そうでございますね。御薬園でしたら、こうした話はすぐに伝わるのですな」

「いえ、たまたまですよ。つい先日、尚歯会の方がおひとり、訪ねていらっしゃいました。その方も、御薬園を褒めてくださいましたが」

草介の脳裏に浮かんだのは湊屋作兵衛の顔だ。作兵衛は尚歯会に入っている。

「それならば話が早い。先方は、どうしても水上さまとお話がしたいとのことでしたので」

「私、とですか？」

「ええ、そりゃあそうでしょう。御薬園のことはなんでも知っていらっしゃる」

はあと、草介は頷く。もともと打てば響く性質《たち》ではないが、なにやら妙な感じだ。

湊屋の作兵衛が参加している尚歯会はたしか、七十過ぎの老人が集まり、和歌やら俳句を詠む敬老の会であったような――と、草介はようやくそこに思い至って、声を上げた。

「と、とてもお役に立てないと思いますよ。私にはまったく素養がございません」

「ご謙遜なさいますな。水上さまのことは、もう遠藤さまにすっかりお伝えしてございます。そのうえで、ぜひにとのお言葉をいただいたのですよ」

「あ、あ、そんな」

たしかにお約束いたしましたぞと、藤右衛門は満面の笑みをたたえ、軽い足取りで御役屋敷の門を出て行った。

草介は眉尻を情けなく下げて、千歳と顔を見合わせた。

「相変わらず身勝手で強引な方ですね。それにしても、草介どのが、歌を得意としているとは知りませんでした」

千歳が皮肉っぽくいう。あわてて草介は首を振った。

「千歳さままでなにをおっしゃるのです。私が和歌やら俳句やらが詠めるとお思いですか？」

「ならばそうはっきりおっしゃいませ。そうして、いつも煮え切らない態度でいらっしゃるから、タヌキにも、いわしやにも隙を突かれるのです」

そんな大袈裟なと、草介は心のうちで呟いた。

「ですが、いわしやはいったいなにを話したというのでしょう」

さあと、草介が首を傾げる。まったく見当がつかない。尚歯会であれば、やはり湊屋の一件をどこかで耳にしたのだと見当をつけるしかない。

それにしても、どうなると詩歌が詠めるという話になるのか、草介は途方に暮れた。

「どうなさるのです？　相手は紀州藩の儒者ですよ。これから詩歌を学びますか」

草介はちらと上目に千歳を窺う。

「そんなすがるような眼をしても無駄です。わたくし、詩歌など興味はありませぬ」

では道場へ行って参りますと、千歳は黒髪を揺らして、背を向けた。

「和歌に俳句……」

豊かに茂る御薬園の木々を眺め、草介は、長々ため息を吐いた。

四

あかね色に染まった空を、美しく並んだ鳥たちが飛んでいく。御役屋敷の横にある草介の住む長屋の庭に、若い園丁が顔を出した。

「水草さま、今日もありましたぜ」

園丁はジャガタライモを麻袋から取り出し、縁側に転がした。

「やはりこの芋は食わないか」

「三日たしかめました。土から顔を覗かせた芋には見向きもしねえし、若い芋も食いません。おや、それは茹で芋ですか」

園丁がザルの上で湯気をあげているジャガタライモに眼を落とした。

「うん。塩茹でしてみたんだ」

「へえ、でもジャガタライモってのは、味がねえって聞いておりますよ。だから、食うものがねえときに、しかたなく食うもんだって」

「でも、これはちょっと違う。タヌキの食わなかった芋だ」

「げえ。タヌキも食わないものを食うんですか」

「だからだよ。一緒に食べないか?」

「いやあ、あっしは芋は苦手で。腹が張っちまう体質だってご存じでしょう」

「また、河島先生が治してくれるさ」

「いやですよ、腹がよじれるくれえ痛《いて》えんですから……」

「そうか、残念だな」

草介はまだ盛大に湯気の出ている芋を手にした。息を吹きかけ、ふたつにわると、青臭い香りが立ち上った。

園丁は草介が口に入れる瞬間を逃すまいと、息をひそめて見つめている。

ならばともに食えばいいのにと、草介は思ったが、まあ、タヌキも食わぬものを食べようとしているのだから、しかたがない。

草介は皮ごと、一口齧った。

舌に載る食感も悪くない。柔らかく茹でたせいか、それほどもそもそした感じもしない。

味はたしかに淡白だが、ほんのりとした塩味がつき、悪くはない、と思った瞬間、

「うぐっ」

草介は眼を白黒させた。

「どうなさいやした、水草さま」

すぐさま草介は芋を吐き出した。

園丁が縁側から座敷に飛んで入り、湯呑みに白湯《さゆ》を注いで持って来た。それを一息に飲み干し、草介は大きく息を吐いた。

「すごいえぐ味だ。タヌキが食わなかったのはこのせいか」

園丁は草介が齧ったあたりを、少しだけ指に取る。口へ運んだ途端、顔が歪んだ。

「こりゃ、苦いのなんの。食えたもんじゃありませんよ。緑色になっているところが危ないってわけですね」

そのようだと、草介は頷いた。

「土から顔を出して、陽に当たったジャガタライモは緑色になっていた。そういう芋はえぐ味が出てしまうんだな。ああ、驚いた」

種芋が送られて来たとき、芽には毒があると文に記されていたが、緑になった芋も危険なのだ。長い間保存する場合、陽には当てず、縁の下などに置くこととなっていたのも、そういうことだったのかもしれない。

いずれにせよ、タヌキに教えられたようだと、草介は心のうちで笑った。

「や、こりゃどうも。おかえりなさいませ」

園丁が眼を見開き、あわてて馬鹿丁寧な辞儀をした。そんな真似をする相手は御薬園では限られている。千歳が道場から戻ってきたのだ。見ると、行くときにはなかったふろしき包みを手に提げている。

「お戻りがいつもより遅かったようですね」

「少々、寄り道をしてきたものですから」

千歳は若い園丁を窺いつつ、いった。

「じゃあ、あっしはこれで失礼いたしやす」

そそくさと逃げてゆく園丁へ向けて、千歳は鷹揚に頷いてみせると、すぐさま縁側に置かれたザルに視線を移した。

「それは……芋、ですか」

草介は居住まいを正した。

「畑で栽培しておりましたのは、このジャガタライモです。ようやく収穫できました」

「ジャガタライモ……」

「はい。やせた土地でも栽培ができ、ひとつの種芋から、十数個の芋ができます」

千歳が小首を傾げた。

「その昔、八代さまの御世に、御薬園で甘藷の試作が行われておりますが、甘藷よりもよいものなのですか」

「よくご存じですね」

草介が眼を円くするや、

「わたくしは、代々御薬園預かりを務める芥川家の娘です」

千歳が胸を張り、ぴしゃりといった。

「ああ、これは失礼いたしました」

千歳のいうとおり、いまから百年ほど前の享保《きょうほう》（一七一六〜三六）に、御薬園では食糧対策として、甘藷の栽培を行っている。おかげでいまでは多くの地で栽培されるようになったが、甘藷は寒さに弱い。南の地ではよく育つが、寒冷地では栽培が難しいのが欠点だった。

「ですが、ジャガタライモは気候に左右されず、収穫が必ず見込めるのですよ。それに、甘藷は甘いので、胸焼けする者もありますが、この芋にはありません。むしろ味が淡白なので、さまざまに利用できるのではないかと考えました」

「なぜ、父におっしゃらなかったのですか」

「なにせ、初めて栽培したものですから……現にタヌキに教えてもらったこともあり」

草介は額を掻きながら、皮が緑色になっている芋にはえぐ味が出ると告げた。

「では、それをたしかめるために、タヌキの好きにさせていたというのですか」

はあ、と草介は頷き、子育てが終われば、もっと食べ物の豊かな処へ移っていくだろうと思っていたといった。

「たぶん毒性が強いことを野に生きるタヌキは知っているのだと思います。なのでこうした芋は食わずに残してあったのだと。それに気づかずにいたら、大変なことになっていたかもしれません……まことによかった。タヌキの恩返しです、きっと」

草介が心の底からほっとしたようにいうと、千歳が頰を静かに緩め、くすくす笑った。

「なにか、おかしなことをいいましたか？」

草介はわけがわからず眼をしばたたく。

「他のことはともかく、植物のことはなんでもご存じだと思っていた草介どのがいつになく気弱で、自信なさげにおっしゃるので、つい――」

千歳が草介をいたずらっぽく見つめ、

「嬉しくなってしまいました」

そういって、再び笑った。


医師のようないでたちだが、見慣れない者が、御役屋敷の門を潜って来た。

「御薬園同心の水上草介どのはどちらにいらっしゃるかな？」

草介は薬草を抱えたまま、「私ですが」と応えた。

「いわしゃ藤右衛門から紹介を受け、参ったのだが」

藤右衛門が来てから、もう五日ほど経っていた。尚歯会の主宰で、儒者の遠藤という人物が来ることなど、忘れかけていただけに、草介はあたふたと薬草を置いた。頭をすぐに下げたが、おやと首を傾げた。眼の前に立つ男は、どう見積もっても三十路を少し超したくらいだ。尚歯会は敬老会のはずだった。

「さっそくだが、ジャガタライモの畑を案内してくれぬか」

唐突な言葉に、草介は面食らった。

「なぜ、それをご存じなのですか」

遠藤とおぼしき男は、少し険のある目元をすがめ、薄い唇を皮肉っぽく曲げた。

「いわしゃから聞いている。ジャガタライモを栽培し、食し方を模索しておると、な」

ああ、と得心がいった。きっと河島が藤右衛門に話し、それが伝わったのだ。

それにしても、尚歯会で、ジャガタライモの歌でも詠むつもりなのだろうか。老人の会であっても主宰は若くていいのかと、いろいろ疑問は湧いたが、草介は遠藤を連れ、畑に向かった。

畝は五本ほど作ったが、ほとんどの茎葉が黄変している。すでに若い園丁が、鋤を振るい、収穫したジャガタライモが籠いっぱいになっていた。

「ほう、これは見事だ。このように狭い畑でもこれだけの収穫があるのか」

遠藤が感心したように声を上げた。

「はい。多いものでは、種芋ひとつで二十ほどなります。晩春に植え、花はナスに似て愛らしく、五弁が星型になります。葉は羽状複葉で、なかなか美しい形をしておりますね。収穫まで三ヶ月ほどと早く、害虫に気をつければ、かなりの芋が採れます。それと皮が緑色のものはえぐ味が強く、毒性があるかと思われます」

ほう、そうかと、遠藤は真剣に草介の説明に耳を傾けている。

「ジャガタライモは、いろいろな呼び名がありまして、ばれいしょや清太夫《せいだゆう》イモ……蘭語ではあーる、あーる」

「アールドアップル、か」

遠藤が苦笑した。

「しかし、まことに頼もしいな。お主のような青年が、こうして民、百姓のことを考え、行動しているとは。たしかに、いわしやが騒ぐだけのことはある」

「あの……」

「ぜひ、続けてくれ。それとこれは蘭書から得たジャガタライモの調理法だ。草稿の段階ゆえ、読み辛いかもしれぬが、少しは役に立つと思う」

遠藤は懐から、薄い帳面を取り出し、草介へ差し出した。

「頂戴しても、よろしいのですか」

「ああ、そのために参ったのだ」

和歌を詠むのではなかったのか、と草介はほっと胸を撫で下ろしたが、さらに疑問だけが深まった。

五

「おお、風が気持ちが良いなぁ」

剃髪した頭をするりと撫で、遠藤は深く息を吸った。草介は見送りのため、遠藤の後ろについて仕切り道を歩く。

養生所前に差し掛かったとき、河島が姿を現した。

「水草さま。芋粥、患者たちからも胃もたれがなく、食べやすいと好評です。また芋をいただきにあがります。ああ、これは、お客さまでしたか、失礼しま、した」

振り向いた遠藤の顔を見て、河島が絶句した。頭に巻いた手拭いを取り去り、その場に平伏する。

「高野《たかの》先生、お久しゅうございます」

「おお、河島仙寿か。いわしやから聞いた。抜け毛はよくなったか」

「はい。かなり改善しております」

「養生所は貧しい者たちのためにある。医師として尽くせよ。病を絶やすことはできぬが、闘うことはできる。その先頭に立つのが医師だ。驕《おご》らず、精進することだ」

「はい」

草介はふたりのやり取りを端で聞きながら、啞然《あぜん》としていた。儒者の遠藤勝助だと思っていた男は、高野という名らしい。そのうえ、河島がいきなり平伏するような相手だ。

「では、水上どの。ここまでで結構」

遠藤、いや高野はすたすたと仕切り道を歩き、御薬園を出て行った。

河島は呆然としたままだ。

「あのう、あの方は尚歯会の遠藤勝助さまではないのですか」

河島がへたり込んだまま、顔を上げた。

「あのお方は、医師で蘭学者の高野長英《ちょうえい》さまです」

えええ、草介の膝が思わず震えた。

高野長英は、田原藩《たわらはん》に重用され、長崎では蘭語で右に出る者はなく、医学から西洋思想、あらゆる蘭書を読み、和訳した人物だ。

「私はほんのわずかな期間でしたが、長崎でご一緒させていただきました。このように会話をすることなどありえませんでしたけど」

河島がぶるりと身を震わせた。

「尚歯会は、飢饉対策を練る会です。たしかに主宰は、紀州藩の儒官、遠藤さまで、田原藩の渡辺《わたなべ》崋山《かざん》さま、幕臣の川路《かわじ》聖謨《としあきら》さまが参加しているはずです」

「じゃあ、詩歌の会ではないのですか」

「名が同じというだけでまったくべつですよ」

「それで、これを私に……」

草介は帳面を取り出した。

「おお、『救荒二物考《きゆうこうにぶつこう》』とありますね。ソバとばれいしょ、二物の栽培について書かれていますよ。高野さまもすでに注目されていたのでしょう。それで、水草さまに会いに来たんです。私がジャガタライモのことを藤右衛門に話したからでしょう」

草介はすっかり得心して頷いた。

河島とともに長屋へ戻り、高野の記した『救荒二物考』を食い入るようにして読み進めた。

それによると、ばれいしょは葛や蕨《わらび》と同じように粉にできるとあった。その製法も詳しく綴《つづ》られている。さらに、酒を造ることもできるという。

「おふたりでなにをなさっておいでですか」

千歳が庭から顔を出した。

「芋の粉で、餅が作れるでしょうか」

「なるほど、それはよいですね」

「わたくしにも教えてくださいませ」

業を煮やした千歳が上がりこんで来た。すると、腕に抱えていたふろしき包みの結び目が解《ほど》け、なにやら書物が落ちてきた。

「これは……和歌の本、こちらは俳句……」

草介が呟くと、千歳が顔を横に向けた。

「かたじけのうございます、千歳さま。でももう必要ありません」

事の次第を話すと、千歳はあんぐりと口を開けた。


千歳がいつものように庭で木刀を振るっていた。その気合の入った声よりも高く、

「み、水上さまぁ」

いわしや藤右衛門の叫び声が響いた。

「これは、いわしやさん、どうされました」

乾薬場に座り、薬草の葉と茎を分けていた草介がのんきな声で問うと、

「大変ですよ。遠藤さまが、遠藤さまが」

藤右衛門はごくりとつばを呑み込んだ。

「こたびのジャガタライモの一件です」

草介は、高野長英の『救荒二物考』を基に製粉し、国太郎が工夫を加え、芋団子として売り出した。茹でた芋を潰し、粉を混ぜ、餅状にしたものを軽く焼き、甘醤油を塗った団子は、飛ぶように売れた。河島は、奉行所の協力を得て、広小路や火除地《ひよけち》で芋の粥

を配りながら、ジャガタライモの食い方を教え、百姓らしき者にはその栽培を熱心に説いた。

千歳は御薬園の荒子《あらしこ》や園丁たちと、芋酒を醸造している。うまくできたら、皆に振る舞うと鼻息を荒くしていた。

「芋粥も、芋団子も大評判。先日、御薬園を訪れた高野長英さまのお耳にも届き、遠藤さまに報告をなさったのですが、いたく感心された遠藤さまが、紀州さまに水上さまのことを申し上げるとおっしゃられたのです」

紀州さま……と、木刀を下ろした千歳の顔から血の気が引いて行く。

「高野さまは、まず長崎へ遊学し、学ぶべきだといわれたそうで」

千歳が複雑な表情を草介に向ける。

「聞いておられるのですか。草介どの」

草介は薬草を手にしたまま、黙っていた。

「水上さま。町場の唐物問屋の私でなく、当代随一のお医者さまで、蘭学者である高野さまのおめがねにかなったのですぞ」

草介は顔を上げ、静かに口を開いた。

「私ひとりの力ではないですよ」

藤右衛門が小さな眼を見開いた。

「芥川さまも、千歳さまもなにもいわずに私の自由にさせてくださった。荒子や園丁たちも、のんきな私に文句もいわず付き合ってくれています。タヌキには芋の毒を教えられ、河島先生は粥を作り、万福屋の国太郎さんが芋団子を工夫してくれたのです。それを奉行所の高幡さんや、ご妻女のよしどの、千歳さまの通う共成館の門弟の方々が、粥を配り、団子を売ってくれた」

草介は立ち上がり、ぱんと袴の土埃を払った。

「私ひとりではないのですよ。皆さんの力があってこそ、できたことです」

「ですが草介どの。これは好機ではありませんか。もっと知識を得ることが……」

「千歳さま。学ぶことはいつでもできます。けれど、いまの私を活かしてくれるのは、やはり、ここなのですよ。力を貸してくれる方々が傍にいるからこそ、さらに大きな力となるのです。それを、此度のことではっきりと知りました」

まったく私は鈍い男です、と草介は額を掻いた。

「ですから、いわしやさん。申し訳ありませんが、いましばらくお待ちください。高野さまや、遠藤さまにもよしなに」

草介は藤右衛門へ深々と頭を下げた。

「そのようなことをなされては、私がまるで無理強いしているようですなぁ。私とて悪者になりたくありませんよ。水上さまに惚れ込んでいるのですから」

藤右衛門は力なく笑って、両肩を情けないほど、落とした。

それに、と草介は、いった。

「大切な方々とは離れたくありませんから」

すると、千歳が不意に空を見上げ、背を向けた。気のせいか、その瞳が少しだけ光っているように草介には見えた。

参考文献

『東京大学コレクションⅣ　日本植物研究の歴史――小石川植物園三〇〇年の歩み』
大場秀章編（東京大学総合研究博物館）
『日本薬園史の研究』上田三平著／三浦三郎編（渡辺書店）
『江戸の養生所』安藤優一郎著（ＰＨＰ新書）
『日本医療史』新村拓編（吉川弘文館）

解説

東えりか

近代西洋医学が確立されるずっと以前から、地球上のあらゆる地域で、独自の伝統医学が発達していた。日本も例外ではない。むしろ、江戸時代は世界のトップを走っていたと言っても過言ではないだろう。

徳川家康は、大陸から多くの薬の本を輸入、取り入れた漢方を、日本独自にアレンジし、薬用植物の研究は「本草学《ほんぞうがく》」として花開いていく。

八代将軍吉宗《よしむね》は、有用植物の栽培で殖産を奨励し、中国や朝鮮、南方などから多くの薬用植物を導入した。また、国内の野生植物の中から有益なものを探索、研究させた。

その一環として、幕府直轄の薬園を作り治療に利用させたのだ。

『柿のへた　御薬園同心《おやくえんどうしん》　水上草介《みなかみそうすけ》』の舞台は、そんな幕府直轄の小石川《こいしかわ》御薬園である。もともとは一六三八年に江戸城外に設けた品川《しながわ》御薬園と牛込《うしごめ》御薬園を引きついだもので、一七二一年に全国の薬園の中心として作られた。園内には、三船敏郎《みふねとしろう》主演の映画で有名になった山本周五郎の小説『赤ひげ診療譚《しんりょうたん》』の舞台、小石川養生所《ようじょうしょ》がある。広大な敷地の西側を芥川家《あくたがわ》、東側を岡田家《おかだ》が管理していた。

幕府の直轄なので、当然のことながら役人が在勤している。本書の主人公、水上草介は二十歳で水上家の跡を継ぎ、御薬園同心になって二年の月日が経っている。天保《てんぽう》六（一八三五）年の早春から物語は始まる。

本書を読み終えた方にはいらない説明だが、買おうかどうか迷っている方のために、少しだけこの小説の読みどころをお伝えしよう。

元祖・草食系男子のような御薬園同心、水上草介、通称・水草さまは、植物を誰より愛する青年である。名は体を表すというけれど、手足がひょろ長く、吹けば飛ぶような体軀《たいく》で、のんびりした性質《たち》のうえに、どうも人より反応が一拍遅い。しかし、薬草栽培や御城で賄《まかな》う生薬《しょうやく》の精製の研究には人一倍熱心で、代々御薬園に勤めてきた家柄だからこそ、幼いころから本草学はみっちり学んできている。

薬になる植物に興味を持ち、とくに葉脈の分類に夢中である。最近では押し葉を作っており、いつか品種別に分けて献上しようと思っている。

人のしがらみとは、あまり関わりのないようなお役目だが、園内にある小石川養生所や、管理している芥川家や岡田家から、さまざまな問題が持ちかけられる。

そんな水草さまを助けるのは、若衆髷《わかしゆまげ》に袴《はかま》姿で剣術道場に通う芥川小野寺《おのじ》の娘、千歳《ちとせ》。ふがいない草介のお尻を叩きながら、問題解決に協力する。南町奉行所《みなみまちぶぎようしよ》の養生所見廻り方同心、高幡啓吾郎《たかはたけいごろう》や養生所の蘭方医、河島仙寿《かわしませんじゅ》、養生所の女看病人として働くおよし、唐物《とうぶつ》問屋いわしやの主人、藤右衛門《とうえもん》などの力を借りて難問を解決するから、まわりの評判はあがるばかりなのだ。

本書は本草学由来の薬草を題名にした九作の短編で構成されている。草介と千歳の青春時代小説と呼んでもいいだろう。

本書にはさまざまな薬草が登場する。その多くは現代でも漢方薬として使われているものだ。

惚《ほ》れ薬として紹介されているのは、イカリソウと安息香《あんそくこう》。イカリソウは淫羊霍《いんようかく》という、見るからに淫らな想像を掻《か》き立てる名前で呼ばれている。強壮、強精の目的が主だが、神経衰弱、健忘症にもよいと言われている。ただ強い薬効のため心臓や胃腸の悪い人は服用できない。

安息香はエゴノキの仲間の樹液を固めたもの。最近流行りのアロマテラピーによく使われ、孤独感や疲労感といった精神的な疲労を改善し、気持ちを解きほぐして明るくする効果があるそうだ。どちらも科学的に証明されている。

吃逆《しゃっくり》を止めるという柿のへたは柿蔕《してい》と呼ばれ、今でもエキスを顆粒《かりゅう》にした吃逆の特効薬が市販されている。服用すると、吐き気やゲップ、吃逆に効くらしい。三日分一三〇〇円ほどだが、三日も吃逆が続いたらさぞ苦しいことだろう。

妊娠中に罹《かか》ると、胎児に大きなダメージを与えるという風疹《ふうしん》は、今も恐ろしい病気である。葛根《かつこん》、芍薬《しやくやく》、甘草《かんぞう》、升麻《しようま》、生姜《しようきよう》を処方した升麻葛根湯は、現在の医療でも非常によく使われている。体の熱や腫れ、あるいは痛みをやわらげる作用があり、初期の風邪、皮膚炎や麻疹《はしか》の時に服用する。

鎖国の江戸時代、将軍から市井《しせい》の人々まで、病を得るとこういった漢方に頼る以外なかったが、草介のこの時代は、蘭方医が増えつつあった。

一八二四年に、シーボルトが出島《でじま》外に鳴滝塾《なるたきじゆく》を開設すると、多くの門下生が集まり、本書にも登場する高野長英《たかのちようえい》もそこに学んだ。シーボルトは後年、プロイセンが日本の内情を偵察するため送り込んだスパイだったという、日本推理作家協会賞を受賞した、秦新二《はたしんじ》『文政十一年のスパイ合戦―検証・謎のシーボルト事件』（双葉文庫）のような説もあり、たとえ面白くない目的での入国ではあったにせよ、日本の医学の進歩に大きく役立ったことに間違いはない。

草介も幾度となく、長崎行きを勧められる。それは、人の話をよく聞き、体の状態を見極めて、状態にあう薬を薦めることができるという医師としての適性を、まわりの人々が認めたからだ。

果たして彼は何になろうとしているのか。最大の謎はまだ語られないままだ。

草介やこの時代の人々は知らないが、この後、時代は幕末に向かってまっしぐらに進んでいく。本書の最終章「ばれいしょ」で語られているとおり、天保の大飢饉《ききん》によって民衆は疲弊、蘭学者を始めとした尚歯会《しょうしかい》の力を頼った老中、水野忠邦《みずのただくに》と幕府内保守派の中心人物、鳥居耀蔵《とりいようぞう》との軋轢《あつれき》に続いて蘭学者を弾圧した蛮社《ばんしゃ》の獄《ごく》が起き、高野長英の逃亡劇に至る。黒船が来航して人心が動揺する中、大地震が続いたり内裏《だいり》が炎上したりと不安が更にあおられるのが、草介と高野長英が出会ってから約十五年後のこと。果たしてそのとき、水上草介はどこにいて何をしているのだろう。それを想像するだけでわくわくする。

梶よう子という作家は、このように時代背景を正確に踏まえたうえで、普通に暮らす人々の物語を綴《つづ》っていく。なんとなく〝江戸っぽい〟小説が多い中で、足元がしっかりしているという安定感は、この作家ならではだ。

彼女の特長は、その時代背景に合致させつつ、現代の感覚をそこに織り込んでいくことにある。本書でも、ふとした出来心の盗みや、人前で緊張してしまう癖、禿《は》げ隠しや自殺願望など、自分の身のまわりでも起こるだろう、些細《ささい》な事件を草介に解決させていくのだ。江戸ものの小説なのに、なぜか身近に感じる、それが梶よう子の持ち味になっている。

かつて『いろあわせ―摺師安次郎人情暦《すりしやすじろうにんじょうごよみ》』（ハルキ文庫）の単行本上梓《じょうし》の折にインタビューをさせてもらったが、そのときも梶は、受験戦争や老人介護、兄弟げんかや夫の暴力と、現代的なテーマを据えつつ、江戸の庶民の活気を、臨場感溢れる筆致で綴っていた。それは、自分が実際に経験した出来事に照らし合わせて物語としたのだ、と語ってくれた。

　梶よう子の小説で、もう一つ特長的なのは、物語に色が溢れている、ということだ。デビュー作『一朝の夢』（文春文庫）では変わり朝顔の栽培と「桜田門外の変」に関わる物語だが、大切なモチーフである黄色の大輪の朝顔のイメージが物語から浮かび上がってきたのが印象に残った。先の『いろあわせ―摺師安次郎人情暦』は浮世絵の世界の色彩に満ち、今回の小石川御薬園では四季折々の風景が、目の前に浮かび上がるように描写されている。

　本書の出版を記念した宇江佐真理《うえざまり》との対談で、梶は小説家を志した理由をこう語っている。


美術を学んでいたので浮世絵を見るようになって、浮世絵師やその時代背景に興味を持ったんです。時代小説やテレビの時代劇も、もともと好きでした。（中略）家庭に入っていて、若干社会から離れていたこともあって、この機会に好きなことを小説に書いてみようと思いました。（青春と読書二〇一一年九月号）

　先に美術ありき、だったのだ。以前のインタビューでも、頭の中に浮かんだ映像を大事にし、そこから物語を膨らませると語っていた。もしかすると、ドラマになったら水上草介役は誰にしようか、と密かに考えているのではないだろうか。

時代小説の隆盛が長く続いている。世の中の動きはあまりに速すぎて、一年前はサイエンス・フィクションだったことが、当たり前にできる、そんな時代である。だから、だと言いきれないにしても、もう少し人間がゆっくり考えられる時代の小説を読みたい、と自然に時代小説に手が伸びるのかもしれない。

そして才能溢れる書き手も、たくさんデビューしている。実力派と言われる中で、梶よう子という作家は、この『柿のへた　御薬園同心 水上草介』でさらに新しいファンを獲得した。大きな飛躍のためのジャンピング・ボードに成り得る作品だと確信している。

水上草介に新たな展開があるのか、ないのか、やきもきしながら、次の作品を待つことにする。


（あずま・えりか　文芸評論家）

本作品は二〇一一年九月、集英社より刊行されました。

装画　卯月みゆき

集英社文庫　目録（日本文学）

落合信彦　小説サブプライム　世界を破滅させた人間たち
落合信彦　愛と惜別の果てに
乙一　夏と花火と私の死体
乙一　天帝妖狐
乙一　平面いぬ。
乙一　暗黒童話
乙一　ＺＯＯ１
乙一　ＺＯＯ２
古屋×乙一×兎丸　少年少女漂流記
乙一　荒木飛呂彦・原作　The Book　jojo's bizarre adventure 4th another day
乙一　箱庭図書館
乙一　Arknoah 1　僕のつくった怪物
乙一　Arknoah 2　ドラゴンファイア
乙川優三郎　武家用心集
小野一光　震災風俗嬢
小野正嗣　残された者たち
恩田陸　光の帝国　常野物語
恩田陸　ネバーランド
恩田陸　ねじの回転　FEBRUARY MOMENT（上）（下）
恩田陸　蒲公英《たんぽぽ》草紙　常野物語
恩田陸　エンド・ゲーム　常野物語
恩田陸　蛇行する川のほとり
開高健　オーパ！
開高健　風に訊け
開高健　オーパ、オーパ!!　アラスカ・カナダ　カリフォルニア篇
開高健　オーパ、オーパ!!　アラスカ至上篇　コスタリカ篇
開高健　オーパ、オーパ!!　モンゴル・中国篇　スリランカ篇
開高健　知的な痴的な教養講座
開高健　風に訊け　ザ・ラスト
開高健　青い月曜日
開高健　流亡記／歩く影たち
海道龍一朗　華、散りゆけど　真田幸村　連戦記
海道龍一朗　早雲立志伝
加賀乙彦　津村節子　愛する伴侶《ひと》を失って
垣根涼介　月は怒らない
柿木奈子　さいはてにて　やさしい香りと待ちながら
角田光代　みどりの月
角田光代　佐内正史　だれかのことを強く思ってみたかった
角田光代　マザコン
角田光代　三月の招待状
角田光代　松尾たいこ　なくしたものたちの国
角田光代他　チーズと塩と豆と
角幡唯介　空白の五マイル　チベット、世界最大のツアンポー峡谷に挑む
角幡唯介　雪男は向こうからやって来た
角幡唯介　アグルーカの行方　129人全員死亡、フランクリン隊が見た北極
角幡唯介　旅人の表現術
梶よう子　柿のへた　御薬園同心　水上草介
梶よう子　お伊勢ものがたり　親子三代道中記

集英社文庫　目録（日本文学）

梶よう子　桃のひこばえ 御薬園同心 水上草介
梶よう子　花しぐれ 御薬園同心 水上草介
梶井基次郎　檸檬
梶山季之　赤いダイヤ(上)(下)
片野ゆか　ポチのひみつ
片野ゆか　ゼロ！ 熊本市動物愛護センター10年の闘い
片野ゆか　動物翻訳家 心の声をキャッチする、飼育員のリアルストーリー
かたやま和華　猫の手、貸します 猫の手屋繁盛記
かたやま和華　化け猫、まかり通る 猫の手屋繁盛記
かたやま和華　大あくびして、猫の恋 猫の手屋繁盛記
かたやま和華　されど、化け猫は踊る 猫の手屋繁盛記
かたやま和華　笑う猫には、福来《きた》る 猫の手屋繁盛記
かたやま和華　ご存じ、白猫ざむらい 猫の手屋繁盛記
加藤元　四百三十円の神様
加藤元　本日はどうされました？
加藤千恵　ハニー ビター ハニー
加藤千恵　さよならの余熱
加藤千恵　ハッピー☆アイスクリーム
加藤千恵　あとは泣くだけ
加藤千穂美　エンキリ おひとりさま京子の事件帖
加藤友朗　移植病棟24時
加藤友朗　赤ちゃんを救え！ 移植病棟24時
加藤実秋　インディゴの夜
加藤実秋　チョコレートビースト インディゴの夜
加藤実秋　ホワイトクロウ インディゴの夜
加藤実秋　Dカラーバケーション インディゴの夜
加藤実秋　ブラックスローン インディゴの夜
加藤実秋　ロケットスカイ インディゴの夜
加藤実秋　学園《スクール》王国《キングダム》
加藤実秋　渋谷スクランブルデイズ インディゴ・イヴ
上遠野浩平 荒木飛呂彦・原作　恥知らずのパープルヘイズ ―ジョジョの奇妙な冒険より―
金井美恵子　恋愛太平記1・2
金子光晴　女たちへのいたみうた 金子光晴詩集
金原ひとみ　蛇にピアス
金原ひとみ　アッシュベイビー
金原ひとみ　AMEBICアミービック
金原ひとみ　オートフィクション
金原ひとみ　星へ落ちる
金原ひとみ　持たざる者
加野厚志　龍馬暗殺者伝
加納朋子　月曜日の水玉模様
加納朋子　沙羅《さら》は和子《わこ》の名を呼ぶ
加納朋子　レインレイン・ボウ
加納朋子　七人の敵がいる
加納朋子　我ら荒野の七重奏《セプテット》
壁井ユカコ　2.43 清陰高校男子バレー部①②
壁井ユカコ　2.43 清陰高校男子バレー部 代表決定戦編①②
鎌田實　がんばらない

集英社文庫　目録（日本文学）

鎌田實　あきらめない
鎌田實・高橋卓志　生き方のコツ　死に方の選択
鎌田實　それでもやっぱりがんばらない
鎌田實　ちょい太でだいじょうぶ
鎌田實　本当の自分に出会う旅
鎌田實　なげださない
鎌田實　たった1つ変わればうまくいく 生き方のヒント幸せのコツ
鎌田實　いいかげんがいい
鎌田實　がんばらないけどあきらめない
鎌田實　空気なんか、読まない
鎌田實　人は一瞬で変われる
鎌田實　がまんしなくていい
神永学　イノセントブルー 記憶の旅人
神永学　浮雲心霊奇譚 赤眼《せきがん》の理《ことわり》
神永学　浮雲心霊奇譚 妖刀《ようとう》の理《ことわり》
神永学　浮雲心霊奇譚 菩薩《ぼさつ》の理《ことわり》
神永学　浮雲心霊奇譚 白蛇《はくじゃ》の理《ことわり》
加門七海　うわさの神仏 日本闇世界めぐり
加門七海　うわさの神仏 其ノ二 あやし紀行
加門七海　うわさの神仏 其ノ三 江戸TOKYO陰陽百景
加門七海　うわさの人物 神霊と生きる人々
加門七海　怪のはなし
加門七海　猫怪々
加門七海　霊能動物館
香山リカ　NANA恋愛勝利学
香山リカ　言葉のチカラ
香山リカ　女は男をどう見抜くのか
川上健一　宇宙のウインブルドン
川上健一　雨鱒の川
川上健一　らららのいた夏
川上健一　翼はいつまでも
川上健一　四月になれば彼女は
川上健一　渾身
川上弘美　風花
川上弘美　東京日記1＋2 卵一個ぶんのお祝い。／ほかに踊りを知らない。
川上弘美　東京日記3＋4 ナマズの幸運。／不良になりました。
川西政明　決定版評伝 渡辺淳一
川端康成　伊豆の踊子
川端裕人　銀河のワールドカップ
川端裕人　今ここにいるぼくらは
川端裕人　風のダンデライオン 銀河のワールドカップ ガールズ
川端裕人　雲の王
川端裕人・三島和夫　8時間睡眠のウソ。日本人の眠り、8つの新常識
川端裕人　天空の約束
川端裕人　エピデミック
川村二郎　孤高 国語学者大野晋の生涯
川本三郎　小説を、映画を、鉄道が走る
姜尚中　在日

集英社文庫　目録（日本文学）

姜尚中／森達也　戦争の世紀を超えて　その場所で語られるべき戦争の記憶がある
姜尚中　母―オモニ―
姜尚中　心
神田茜　ぼくの守る星
神田茜　母のあしおと
木内昇　新選組　幕末の青嵐
木内昇　新選組裏表《うらうえ》録　地虫鳴く
木内昇　漂砂のうたう
木内昇　櫛《くし》挽《ひき》道《ち》守《もり》
木内昇　みちくさ道中
岸本裕紀子　定年女子　これからの仕事、生活、やりたいこと
岸本裕紀子　定年女子　60を過ぎて働くということ
喜多喜久　真夏の異邦人　超常現象研究会のフィールドワーク
喜多喜久　リケコイ。
喜多喜久　マダラ　死を呼ぶ悪魔のアプリ
喜多喜久　青矢先輩と私の探偵部活動

北杜夫　船乗りクプクプの冒険
北大路公子　石の裏にも三年　キミコのダンゴ虫的日常
北大路公子　晴れても雪でも　キミコのダンゴ虫的日常
北大路公子　いやよいやよも旅のうち
北方謙三　逃《の》がれの街
北方謙三　弔鐘《ちょうしょう》はるかなり
北方謙三　第二誕生日
北方謙三　眠りなき夜
北方謙三　檻《おり》
北方謙三　逢うには、遠すぎる
北方謙三　あれは幻の旗だったのか
北方謙三　渇きの街
北方謙三　牙
北方謙三　危険な夏―挑戦Ⅰ
北方謙三　冬の狼―挑戦Ⅱ
北方謙三　風の聖衣―挑戦Ⅲ

北方謙三　風群の荒野―挑戦Ⅳ
北方謙三　いつか友よ―挑戦Ⅴ
北方謙三　愛《いと》しき女たちへ
北方謙三　傷痕　老犬シリーズⅠ
北方謙三　風葬　老犬シリーズⅡ
北方謙三　望郷　老犬シリーズⅢ
北方謙三　破軍の星
北方謙三　群青　神尾シリーズⅠ
北方謙三　灼光　神尾シリーズⅡ
北方謙三　炎天　神尾シリーズⅢ
北方謙三　流塵　神尾シリーズⅣ
北方謙三　林蔵の貌《かお》(上)(下)
北方謙三　そして彼が死んだ
北方謙三　波《は》王《おう》の秋《とき》
北方謙三　明るい街へ
北方謙三　彼が狼だった日

集英社文庫

柿《かき》のへた 御薬園同心《おやくえんどうしん》 水上草介《みなかみそうすけ》

2013年９月25日 第１刷
2021年１月17日 第３刷

定価はカバーに表示してあります。

著 者 梶《かじ》 よう子《こ》

発行者 徳永 真

発行所 株式会社 集英社
東京都千代田区一ツ橋2-5-10 〒101-8050
電話 【編集部】03-3230-6095
【読者係】03-3230-6080
【販売部】03-3230-6393（書店専用）

印 刷 凸版印刷株式会社

製 本 凸版印刷株式会社

フォーマットデザイン アリヤマデザインストア　マークデザイン 居山浩二

ISBN978-4-08-745118-4 C0193